세탁소

LAUNDRY

by

Junichi Mori

Copyright ⓒ 2003 by Junichi Mori/Laundry Partners
First published in Japan in 2002 by MEDIA FACTORY, Inc.
Korean translation rights reserved by JIWONBOOKCLUB.
Under the license from MEDIA FATORY,Inc.,Tokyo
Through A.F.C. Literary Agency.

세탁소

초판 1쇄 인쇄 2003년 12월 20일
초판 1쇄 발행 2003년 12월 23일

지은이 모리 준이치
옮긴이 한 은 미
펴낸이 김 철 수
편 집 최봉식 · 김현민
마케팅 김진태 · 김규형

펴낸곳 지원북클럽
등 록 제10-1371호(1996. 12. 3.)
주 소 서울시 마포구 상수동 231번지 호수빌딩 301호
전 화 (02)322-9822~5 팩스 (02)322-9826
E-mail ji9826@hitel.net

ⓒ 지원북클럽 2003
ISBN 89-86717-88-3 03810

세 탁 소

모리 준이치 지음 한은미 옮김

지원북클럽

갈기갈기 찢어진 하얀 깃털 하나가 빙그르르 원을 그리며 수면 위로 살포시 떨어져 내린다.

그곳은 숲 속 작은 호수.

호수 물은 심하게 오염되어 숲에 사는 동물들의 발길조차 끊어진 그런 곳이다.

호수는 몹시 슬펐다.

그때부터 호수는 예전처럼 맑고 투명한 물빛으로 돌아가고 싶은 간절한 소망 하나를 가슴속에 품게 되었다.

그런데 그 찢어진 깃털에는 신비한 힘이 숨어 있었다.

바로 오염된 물질을 정화시키는 마법의 힘이다.

오랜 시간에 걸쳐 오염된 호수는 서서히 아름다움을 되찾기 시작한다.

동물들도 물을 마시러 하나둘씩 호숫가로 모여들기 시작한다.

호수는 다시 행복해진다.

찢어진 깃털 또한 맑고 투명해진 물 위에서,

마치 허공에서 춤을 추듯

두둥실 떠다니며 헤엄을 치고 있다.

　이것은 영화 〈세탁소〉의 촬영에 들어가기 전에 필자가 쓴 이미지 스토리이다. 이 글을 쓸 당시에는 시나리오가 거의 완성된 상태여서 굳이 이미지 스토리를 쓸 필요는 없었다. 그러나 조리 있게 뭔가를 설명하는 일에 서툰 필자가 전반적인 분위기 파악을 위해 이해를 돕는 차원에서 생각해 낸 방법이다.

　결국 이 이미지 스토리는 아무에게도 보여 주지 않고 한두 명에게 들려주는 것으로 그쳤다. 너무 추상적이라 오히려 혼란을 초래할지 모른다는 생각 때문이었다. 하지만 이 이미지 스토리는 직접 각본을 쓰고 연출을 맡은 필자에게는 매우 중요한 의미를 지닌 작업이었다. 왜냐하면 시나리오를 수정하는 과정에서 테루와 미즈에, 그리고 샐리는 몇 차례나 나를 고민에 빠트렸다. 그들은 애초에 필자가 정해 놓은 코스 밟기를 거부하기 시작하더니 급기야는 자신들의 성격을 제멋대로 변화시켜 나가기에 이르렀다. 마침내 그들의 행동 범위는 당초의 예상을 훨씬 벗어난 곳까지 확대되기에 이르렀다. 스토리를 이어나가기 위해 꼭 필요한, 이른바 설명 대사(나레이션)를 거부하고 내용과 상관없는 대사를 제멋대로 토해 내는 것이었다. 일단 궤도를 벗어난 그들을 제자리로 돌려놓기에는 작가의 힘만으로 역부족임을 느낀 필자는 머리를 싸맨 채 전전긍긍할 수밖에 없었다.

좀 우스운 이야기지만 필자는 그때서야 비로소 '이야기 만들기'의 어려움을 절감했다. 아니 그들에게서 그 사실을 배웠다. 동시에 자신이 설정한 이미지 스토리와 같은 분위기를 만들어 낼 수만 있다면 내용이 조금 바뀐들 큰 문제가 되지 않는다는 쪽으로 마음이 움직였다.

결과적으로 〈세탁소〉 이미지에 걸맞은 분위기 연출에 성공했는지는 잘 모르겠다. 그러나 적어도 원작자인 필자에게는 무엇보다도 바꿀 수 없는 소중한 보물이 된 것만은 사실이다. 보물이라고 해서 값비싼 보석이나 사치품이 아니라 기억의 저편에 고요히 잠들어 있는, 누군가가 속삭여 주는 말이나 행위에 가까운 느낌이라고나 할까.

그것은 아마도 테루나 미즈에, 그리고 샐리가 온전히 상상력만으로 탄생된 인물이 아니라 필자가 지금까지 만나 온 그 누군가와 닮아 있기 때문이다. 설사 뚜렷한 모델이 없었다 해도 필자에게 많은 영향과 충격을 주고 삶의 이정표를 제시해 준 수많은 사람들이 세 주인공의 모습 안에 녹아 있다. 때문에 이 영화가 필자의 의도대로 만들어지지 않은 것은 어쩌면 당연한 결과인지 모른다.

"그후 테루와 나머지 두 사람은 어떻게 되었나요?"라는 질문을 종종 받는다. 그들이 결국 해피앤드로 끝났는지 궁금해 하는 독자들이 많다.

대답은 물론 '나도 모른다' 이다. 무책임한 답변인지 모르겠지만 그들이 그후에 어떻게 되든 내가 상관할 바 아니다. 그들은 우리가 걱정하지 않아도 나름의 삶을 충실히 살다가 그들의 인생을 마감할 것이다. 나의 상상력은 거기까지이다.

이 책을 출간하는 데 도움을 주신 많은 분들께 감사한다. 또한 가족, 친지, 친구, 선배는 물론 어딘가에서 스쳐 지나간 사람들을 포함해서 필자에게 삶의 기쁨을 가르쳐 준 모든 분들께 감사한다.

마지막으로 곧 태어날 내 아이에게 이렇게 말해 주고 싶다.

"이 세상을 살다 보면 좋은 것보다 나쁜 것이 더 많을 때가 있어. 하지만 작지만 좋은 것들이 크지만 나쁜 것들을 물리칠 수 있는 막강한 힘을 지니고 있지. 그러니 아무 걱정 말고 편안한 마음으로 이 세상에 힘찬 발걸음을 내디디렴. 아빠는 널 기다리고 있단다."

2001년 12월

모리 준이치

contents

1장

"이 계곡을 뛰어넘으면,
다른 나라로 갈 수 있을 거야."
그녀는 물웅덩이를 가만히 바라보며 말했다.

내 이름은 테루이다. 사실 진짜 이름은 테루오인데, 사람들은 나를 그냥 '테루'라고 부른다. 나는 세탁소에서 일하고 있다. 세탁물을 도난당하지 않도록 지키는 것이 내가 하는 일이다. 내가 일하는 세탁소의 주인은 나의 할머니이다. 요즘 들어 여자 속옷을 훔치는 나쁜 녀석들이 많아지자 걱정이 된 할머니는 그 일을 내게 부탁하셨다. 나는 지금까지 여러 직업을 전전했지만 어느 것 하나 진득하게 해본 적이 없다. 할머니는 그게 다 내 적성에 맞지 않기 때문이라고 말씀하셨다.

내 머리에는 상처가 하나 있다. 어릴 때 맨홀에 빠져 생긴 상처이다. 어쩌다 그런 데 빠졌는지는 잘 모른다. 아마도 멍청하게 걷다가 맨홀 뚜껑이 열려 있는 것을 미처 발견하지 못했거나, 아니면 구멍 속을 흥미있게 들여다보다가 그랬을 것이다. 사실 난 그 일이 전혀 기억나지 않는다. 할머니도 그저 "네가 좀 어리버리하잖니……" 하고 얼버무릴 뿐 자세한 이야기는 해주지 않는다.

하여튼 나는 그 사고 이후 생긴 상처 때문에 늘 모자를 쓰고 다니게 되었고, 그 때문인지 남들보다 기억력이 떨어지고 건망증도 심한 편이다. 사람들은 그게 다 뇌에 상처가 났기 때문이라고 말한다. 하지만 머리 속을 들여다볼 수도 없으니 나로서는 도무지 이유를 알 길이 없다.

나는 오늘도 할머니의 세탁소로 출근한다. 매일 30분씩 강을 따

라 죽 이어진 길을 걸어 세탁소에 도착한다. 세탁소가 있는 동네
는 옆동네와 경계를 이루는 곳에 자리잡고 있어서 큰 강과 그곳에
서 갈라진 작은 강이 가로질러 흐르고 있다. 아침마다 걸어다니는
강변길은 그 중 작은 강을 따라 난 길이다. 봄이 오면 강변길 양쪽
에 일렬로 죽 늘어선 벚꽃이 흐드러지게 피고, 강가에는 물새들이
찾아와 물놀이를 즐긴다. 낚시를 즐기는 사람들도 많이 눈에 띈
다. 그들은 누가 더 큰 잉어를 잡았는지 서로 경쟁을 벌이곤 한다.

강변길을 걷다 보면 참으로 다양한 향기가 코끝을 자극한다. 강
냄새, 땅 냄새, 사람 냄새, 하늘 냄새까지……. 매일 같은 길을 걷
지만 그때마다 다른 향기가 난다. 그날그날 풍기는 향기는 물론이
고 아침과 저녁도 다르다. 나는 가끔 그 향기에 취해 실수를 하곤
한다. 나도 계속 걷다가 문득 정신을 차려 보면 나도 모르게 길을
잘못 들어서 바로 옆동네도 아닌, 그 옆동네까지 와버린 것이다.
그래서 향기에 너무 취하지 않으려고 애쓴다. 그러다가 세탁소 문
을 제때에 못 여는 곤란한 일이 생길 수도 있고, 무엇보다 나는 개
가 아니기 때문이다.

우리 세탁소는 언덕길 중간쯤에 있다. 언덕은 꽤 긴 편이어서
언덕 꼭대기까지 올라가면 마치 산 정상에 오른 듯한 느낌이 든
다. 그 중간쯤, 그러니까 잠시 쉬어 가고픈 마음이 간절해지는 바
로 그 지점에 우리 세탁소가 있다. 할머니는 세탁소 따위는 때려

치우고 카페를 차리는 것이 더 나을 거라고 말씀하신다. 위치가 위치인 만큼 여름에는 시원한 빙수, 겨울에는 따끈한 단팥죽을 곁들여 팔면 아랫동네보다 매상을 두 배는 더 올릴 것이라고 말이다. 할머니는 지금까지 수많은 장사를 해오셨다. 옷감 가게, 우산 가게, 유리 가게, 파충류 전문점, 게임방, 크레페 가게, 볼링장, 점보는 집 등등. 그 중에서 내가 가본 곳은 한 군데도 없지만 대부분이 그리 신통치 않았던 것 같다. 카페를 한다 해도 잘되리라는 보장은 없을 것 같았다. 요즘 들어 세탁소로 오는 할머니의 발길이 뜸해져서 세 집 건너에 편의점이 새로 문을 연 것도 모르고 계신다.

　매일 아침 출근해서 처음 하는 일은 세탁소 문을 여는 일이다. 그런데 나는 아침마다 열쇠를 찾는다. 언제나 이쪽이라고 생각하고 주머니를 뒤지면 꼭 반대쪽 주머니에서 열쇠가 나온다. 마치 열쇠가 내 몸을 가로질러 반대편 주머니로 옮겨가기라도 한 것처럼 말이다. 그런 내 모습을 보다못한 할머니는 열쇠에 끈을 매달아 목에 걸고 다니라고 말씀하셨지만 나는 할머니의 말을 듣지 않는다. 열쇠 목걸이를 걸고 다니다니, 내가 초등학생이라도 된다는 말인가.

　세탁소는 웬만큼 크다. '웬만큼'이라는 표현은 주로 할머니가 즐겨 쓰시는 말인데 그리 넓지도 좁지도 않고 적당하다는 뜻이다. 아침마다 걸레질을 하는데 바닥은 스물두 번이나 왕복해야 하고,

유리창은 아래위로 스물다섯 번 왕복해야 될 정도이니 세탁소치고는 조금 큰 편인 듯싶다. 세탁소에는 세탁기가 열 대, 건조기가 일곱 대 놓여 있다. 모든 기계가 한번에 작동하는 경우는 드물지만 그래도 며칠 동안 비가 계속 내리면 손님이 많아진다. 그래서 할머니는 비가 오게 해달라는 기묘한 기도를 하곤 하지만 손님이 북적대면 내가 피곤해진다. 손님들의 세탁물을 분실하지 않도록 지키는 일을 하는 나로서는 경찰관처럼 눈을 부릅뜨고 눈알을 이리저리 굴려야 하기 때문이다. 세탁소가 사람들로 북적대면 나는 눈을 어디에다 두어야 할지 몰라 당황스럽다.

나는 세탁소 앞 중간쯤 되는 곳에 의자를 놓고 걸터앉아 손님들의 세탁물을 지킨다. 집안 대대로 내려온 이 등나무 의자를 할머니께서 내게 물려주셨다. 지금까지 수많은 사람들을 거쳐 나에게까지 온 것이다. 의자는 갈색 천으로 덮개가 씌워져 있는데, 등받이와 푹 꺼진 엉덩이 쪽만 유독 하얗게 바래 있다. 세탁소 문을 막 열었을 때나 비가 오는 날은 세탁소 구석에 놓여 있지만 그 외에는 이렇게 하루 종일 내 차지가 된다.

오늘 첫 손님은 트레이닝복을 입은 젊은 남자다. 이 남자는 처음 보는 것 같기도 하고 몇 번 온 적이 있는 손님 같기도 하고, 잘 모르겠다. 이 세탁소를 찾는 거의 모든 손님들이 그렇듯이 그 역시 한 손에는 빨랫감을 눌러 담은 봉지를, 또 한 손에는 세제를 들고 있었다. 트레이닝복을 입은 그 남자는 이상하다는 듯 나를 쳐다보았다. 아무래도 내 존재가 신경 쓰이는 듯했다. 하지만 나로서는 어쩔 도리가 없다. 이것이 내가 할 일이니까.

나는 그 남자가 세탁을 시작한 것을 확인한 후 고개를 돌려 바깥 경치를 구경했다. 가장 먼저 눈에 들어오는 것은 커다란 가스탱크이다. 마치 세 쌍둥이가 나란히 서 있는 것처럼 가스탱크 세 개가 사이좋게 나란히 서 있다. 가스탱크를 보면 조금 무서운 생각이 든다. 아직 아무한테도 말한 적은 없지만, 왠지 가스탱크가 매일 조금씩 커지는 것 같다. 날마다 조금씩조금씩 커져서 마침내는 풍선처럼 빵빵하게 부풀어 '빵' 하고 터져버릴 것만 같다. 그래서 모든 것이 한순간에 날아가 사라져버릴 것만 같다. 그런 생각이 들 때마다 무서워서 견딜 수가 없다.

그 남자가 돌아간 후, 할아버지가 지팡이를 짚고 세탁소로 들어왔다. 매일 오는 단골손님인 할아버지는 꼭 러닝셔츠와 팬티를 비닐봉지에 따로따로 넣어 온다. 왜 매일 그것만 빨러 오느냐 하면, 같이 살고 있는 며느리가 불결하다며 시아버지의 속옷을 빨아 주지 않기 때문이다. 더러워졌으니 빨래하는 것은 당연한데, 더럽다는 이유로 빨아 주지 않다니, 도무지 이해할 수 없다. 그 며느리는 시아버지의 속옷을 같은 세탁기에 넣어 돌리는 것조차 견딜 수 없는가 보다.

그 집 며느리는 결혼 전에 백화점의 전자제품 매장에서 일을 했다. 그러던 어느 날, 할아버지의 아들(지금의 남편)이 그곳에 청소기를 사러 갔다. 청소기에 대해 설명을 듣는 동안 할아버지의 아들은 그녀에게 관심이 가기 시작했다. 남자의 시선은 청소기에서 그녀의 풍만한 젖가슴으로 옮겨가 꽂히더니 움직일 줄을 몰랐다. 그러고 나서 얼마 후에 할아버지와 아들이 사는 집으로 새 청소기와 새색시가 함께 나란히 들어왔다. 처음에는 할아버지와 아들, 며느리가 별 문제 없이 사이좋게 잘 지냈다. 어느 날 그 사건이 일어나기까지는 말이다. 그날 이후로 세 사람의 관계는 돌변하게 되었다. 그날이란, 할아버지가 세탁물 바구니에서 요상한 물건을 발견한 바로 그날이다. 요상한 물건이란 헝겊으로 만든 반달 모양의 아주 작은 쿠션과 같은 것이었다. 작은 불상을 얹어놓는 방석도 아니고, 무릎 보호대는 더더욱 아닌 그 요상한 물건이 무엇에 쓰는 것인지 할아버지는 무척 궁금했다. 혼자 고민하던 할아버지는 마침 집에 놀러 온 친구에게 물어 보았다. 그 친구는 노인회 회장직을 맡고 있어서, 그 소문은 동네방네 퍼져 나가 어느새 노인들의 화젯거리가 되어버렸다. 그러다 급기야 소문은 며느리의 귀에까지 들어가게 되었다. 그 요상한 물건은 여자들의 브래지어에 넣는 패드였다. 본 적은 없지만 그 며느리에게는 남들에게 절대로 보이고 싶지 않은 물건이었던 것이다.

그 사건 이후로 며느리는 할아버지와 말을 하지 않는 것은 물론이고 빨래도 해주지 않는다.

할아버지는 러닝셔츠와 팬티를 던지듯 세탁기 속에 밀어넣고는 긴 의자에 앉아서 혼잣말을 중얼거린다.

"아무래도 며느리가 잘못 들어왔어, 실패작이야, 실패작" 혹은 "여자도 아니라니까……" 등의 말을 중얼거리다가 마지막에는 정해진 듯 꼭 이렇게 말한다.

"그런 인간은 청소기로 확 빨아들여 없애버려야 한다구. 암, 그렇고말고……."

점심때가 조금 지나자 일명 '사진 아줌마'가 왔다. 사진을 무척 좋아하는 이 아줌마는 올 때마다 사진을 잔뜩 들고 와서 최근에 찍은 것이라며 내게 보여 준다. 그녀는 마음에 드는 사진을 앨범에 붙여 가지고 오는데, 특히 꽃 사진을 좋아한다. 그리고 한 장씩 보여 줄 때마다 언제, 어디서, 누구와 찍었는지를 장황하게 늘어놓는다. 마치 몸 속 가득 이야기를 담아 와서 한꺼번에 토해 내듯 맹렬하게 쏟아낸다. 마치 봉지 가득 빨랫감을 담아 와서 세탁기 속에 던져 넣듯이 말이다. 그녀의 말이 너무 길어지면 나는 중간에 깜박깜박 졸기도 한다. 그런데도 아줌마는 여전히 배경이 어떻고, 핀트가 안 맞느니, 렌즈가 어떻게 되었다는 둥 말을 멈추지 않는다. 나는 아줌마가 무슨 말을 하는지는 하나도 모르겠지만, 너무나도 흥에 겨워 이야기하기 때문에 조는 모습을 보이지 않으려고 속으로 노래를 흥얼거리기도 한다.

벽에 붙어 있는 사진 세 장도 아줌마가 찍은 것으로, 빨강, 파랑, 그리고 하얀 꽃 사진이다. 조금 칭찬해 주었더니 신이 나서 액자에 넣어 가지고 왔다. 어디에 걸지 한참을 고민한 끝에 왼쪽 세탁기 위에 걸었다. 그곳이 창을 통해 들어오는 햇빛이 알맞게 비추기 때문이다. 아줌마는 다음번에 걸 사진을 고르고 있었지만 나는 별로 내키지 않는다. 미술관도 아닌데 사진만 잔뜩 걸어 놓기도 그렇고, 무엇보다도 꽃 사진을 한참 쳐다보고 있으면 마치 내가 곤충이 된 듯한 기분이 들기 때문이다.

"어이, 총각!"
낯익은 목소리가 나를 불렀다.
"오늘도 열심히 감시하고 있군그래."
이 남자는 미야시타라는 권투 선수이다. 키가 작아서 힘이 세어 보이지는 않지만 권투는 체급별로 싸우는 운동이기 때문에 그리 큰 문제는 되지 않는다. 우리 세탁소 앞길이 그의 러닝 코스여서 매일 오가며 말을 걸지만 장난이 지나쳐서 조금 곤란할 때도 있다. 예를 들면 이런 것들이다. 그가 갑자기 세탁소 안을 가리키며, "저기 저, 저 놈이 빨래를 훔치고 있잖아!" 하고 소리치면 나는 놀라서 돌아본다. 물론 훔치는 사람은 어디에도 없다. 매번 당하는 것이 억울해 이번만은 속지 않으리라고 다짐하지만 또 번번이 그 수에 놀아나고 만다. 하지만 오늘만큼은 절대 속지 않을 것이다. 왜냐하면 세탁소에는 아무도 없기 때문이다. 그래서 '어디 한번 해보시지' 하고 자신있게 벼르고 있는데 오늘은 왠지 그가 평소와는 다르다. 입을 크게 벌려 껄껄껄, 웃는가 하면 갑자기 심각한 얼굴로 내 쪽으로 뛰어와서 이렇게 말했다.

"나도 할 만큼 했어. 이번에는 꼭 이기고 말 거야. 내 자신도 놀랄 만큼 자신이 넘친다구."

그렇다. 오늘은 권투 시합이 있는 날이다. 그는 최근 3개월간 엄청난 연습과 체중 감량을 위한 식사 조절을 해왔다. 고기나 생선은 물론 며칠 전부터는 물조차 거의 마시지 않아 얼굴은 말라비틀어진 대추씨 모양을 하고 있었다. 그는 얼굴이 굳어지더니 복싱 포즈를 취했다.

"지금까지의 나는 진정한 내가 아니었어. 오늘이야말로 진짜 내가 되는 거야."

그의 말을 이해할 수는 없었지만 필사적이라는 느낌이 드는 것은 분명했다.

"오늘 밤에 나는, 기필코 전설이 된다!'

그는 그 말을 남기고 운동 가방을 어깨에 둘러멘 채 언덕을 뛰어내려갔다. 나는 그의 뒷모습을 잠시 동안 바라보다가 윗주머니에서 수첩을 꺼냈다. 이 수첩은 수많은 것들로 빼곡이 채워져 있다. 지금까지 만났던 사람들, 들은 이야기 등……. 이 수첩은 뭐든지 잘 잊어버리는 나를 위해 할머니가 생각해 낸 것이다. 나는 수첩에 적힌 메모를 읽은 후에야 비로소 많은 것들을 기억해 낸다. 수첩에 적힌 내 기록에 따르면 그는 지금까지 시합에서 18번이나 졌다. 단 한 번도 이긴 적이 없었다. 나는 조금 숙연해졌다. 그때 어디선가 큰소리가 들려 왔다.

"어이, 저기 봐, 저 놈이 뭘 훔치고 있네!'

나는 놀라서 세탁소 안을 돌아보았다. 손님은 아무도 없었다. 언덕 위를 올려다보니 미야시타가 손가락으로 날 가리키며 히죽거리고 있었다. 결국 나는 오늘도 걸려들고 말았다. 내 기록에 따르면 이것으로 내가 80번째 당한 것이다. 물론 이긴 적은 한 번도 없었다.

중천에 떴던 해가 어느새 많이 기울었다. 보통 이맘때쯤이면 장보러 가는 주부들이나 하교길 학생들로 길거리는 붐비게 마련이지만 정작 세탁소로 들어오는 사람은 없다. 그래서 이 시간이 하루 중 가장 무료하다.

그런데 오늘은 신기하게도 한 사람이 들어왔다. 그것도 예쁘게 생긴 여자였다. 우리 세탁소에 처음 온 손님이었다. 이 세탁소에 처음 온 사람들은 거의 모두라고 할 만큼 내 존재를 이상하게 여기거나 기묘하다는 표정으로 나를 쳐다본다. 심한 경우에는 화를 내며 달려들기도 하는데, 그녀는 뭔가 달랐다. 나를 조금도 의식하지 않고 그저 담배만 피우고 있었다. 그것도 조금 피우다 말고 꺼버리고, 또다시 조금 피우다 말고 끄기를 되풀이하는 것이다. 할머니도 담배를 피우시지만 입술이 타버릴 정도로 꽁초가 될 때까지 피우는 모습만 보아 온 나로서는 그녀의 담배 피는 모습이 너무도 생소하게 다가왔다.

시간은 조용히 흐르고, 세탁소 안에서는 그녀가 피우다 만 담배에서 연기가 모락모락 올라와 작은 구름을 만들고 있었다. 가녀린 몸매에 옅은 남색 옷을 입은 그녀는 다리를 꼬고 앉은 채 미동도 하지 않았다. 담뱃재를 털기 위해 손가락만 재떨이와 입술 사이를 왔다갔다할 뿐이었다. 계속 돌아가던 건조기가 멈추자 세탁소 안의 정적은 더욱 깊어졌다. 그녀는 허공에 떠 있는 연기를 흩뜨리며 일어서더니 건조기를 향해 걸어갔다. 나는 그 안에서 아무 일도 일어나지 않은 것을 확인하고는 바깥쪽으로 얼굴을 돌렸다. 쉴 새 없이 지나다니던 사람들의 발걸음도 뜸해졌다. 빨래를 꺼내는 소리만 나지막하게 들려 왔다.

그때 나는 무언지 모를 이상한 기분에 사로잡혔다. 모든 사람들이 사라지고 이 세상에 그녀와 나, 단둘만 남겨진 느낌……. 아니 남겨진 것은 나와 그녀와 이 세탁소, 그리고 저기 눈앞에 보이는 세 개의 커다란 가스탱크뿐인 듯했다. 나는 꼼짝도 하지 않고 의자에 앉아 있었다. 이유는 모르겠지만 움직이면 안 될 것 같은 느낌이 들었다. 지금 내가 움직이면 가스탱크가 폭발해 버릴 것 같은 느낌, 조금이라도 움직이면 '뻥' 하고 터져버릴 것 같은 그런 느낌이 들었다.

그 기묘한 느낌은 그녀가 건조기의 문을 닫는 소리와 함께 사라졌다. 그녀는 바짝 건조된 빨래를 봉지에 집어넣어 세탁소를 나갔다. 내 앞을 스쳐 지나가는 그녀의 옆모습을 흘깃 훔쳐보았다. 화가 난 것 같기도 하고 슬퍼 보이기도 한 그런 얼굴이었다. 결국 그녀는 마지막까지 마치 여기에 없었던 것처럼 행동하다가 돌아갔다. 나는 잠시 그녀의 뒷모습을 지켜보다가 세탁소 안으로 눈길을 돌렸다.

조그맣게 뭉쳐졌던 연기 구름은 산산이 흩어지고 말았지만 재떨이에서는 아직도 가느다란 연기가 피어 오르고 있었다. 나는 재

떨이 쪽으로 다가가서 꺼져 가고 있는 담배꽁초를 꾹 눌러 껐다. 문득 얼굴을 들어 보니 건조기 안에 옷 하나가 있는 것이 보였다. 그녀가 잊고 간 것이었다. 나는 건조기에서 옷을 꺼내 서둘러 그녀의 뒤를 쫓아갔다.

2 그녀의 뒤를 쫓아갔지만 결국 놓치고 말았다. 놓친 정도가 아니라 내가 지금 어디쯤 와 있는지조차 모를 정도로 길을 잃고 말았다. 아무래도 낯선 길로 들어서고 만 것 같았다. 중간에 바꾸지 말아야 할 곳에서 방향을 잘못 튼 것이 틀림없었다. 네거리를 몇 차례 지나쳐 왔는데 아무래도 거기에서 잘못된 것 같았다. 나는 언제나 네거리에 서면 혼란스럽다. 네거리를 누가 만들어 놓았는지는 모르겠지만, 길이 네 방향으로 나 있다는 건 아무래도 너무 많다. 나는 어찌할 줄을 몰라 그 자리에 잠시 서 있었다. 그러자 갑자기 앞쪽 모퉁이에서 그녀가 나타났다. 옅은 남색 옷을 입고 있는 것이 분명 그녀가 틀림없었다.

그녀는 길을 가로질러 아파트 계단을 막 올라가려 하고 있었다. 나는 다시 한 번 뛰었다. 내가 너무 맹렬한 기세로 달려갔기 때문에 놀란 그녀는 몸을 빼며 뒷걸음질쳤다. 나는 숨이 차서 죽을 지경이었지만 그녀에게 할말을 전하려고 필사적으로 가슴을 진정시켰다. 그런데 어찌된 영문인지 말이 나오지 않았다. 내가 왜 여기까지 온 거지? 쫓아오는 데 너무 열중한 나머지 이곳에 온 진짜 이유를 잊어버린 것이다. 나는 머리를 열심히 굴려 여기 오기까지 일을 거꾸로 되짚어 보았다. 그러는 동안 그녀는 나를 물끄러미 바라보았다. 내 기억의 필름은 필사적으로 되돌아가고 있었다. 그러자 그녀의 시선이 내 손 쪽으로 옮겨 갔다. 그래, 맞아. 이거야!

"두고 가신 옷이에요!"

나는 손에 들고 있던 옷을 그녀에게 내밀었다. 그녀는 손에 들고 있던 봉지 속을 뒤져 보고 나서야 생각이 난 것 같았다.

"아, 이거!"

그녀는 이렇게 말하면서 옷을 받아 들었다.

나는 머리 속으로 그녀의 다음 말을 생각했다. 분명, '고마워요' 하고 말할 것이다. 누구나 그렇게 말하듯이 말이다. 누가 처음 그렇게 정했는지는 모르겠지만 이런 경우에 모두가 당연하다는 듯이 그렇게 말한다. 하지만 그녀는 예외였다. 그녀는 아무 말도 하지 않고 또박또박 계단을 밟고 올라가버렸다. 나는 덩그러니 혼자 남았다. 마치 무인도에 혼자 남겨진 채 구조를 기다리는 탐

험대원이라도 된 느낌이었다. 그녀는 뒤도 돌아보지 않고 계단을 올라갔다. 구조선은 결국 돌아오지 않으려는 걸까.

나는 다시 정신을 가다듬고 왔던 길을 향해 뛰었다. 채 100미터나 뛰었을까. 놈들이 또 나를 기다리고 있었다. 바로 네거리이다. 그 순간 나는 막대기처럼 굳어져서 꼼짝도 않고 그 자리에 멈춰섰다. 오른쪽일까, 왼쪽일까, 아니면 똑바로 가야 하나? 머리를 너무 좌우로 흔드는 바람에 어지러워서 하마터면 쓰러질 뻔했다. 그때 등뒤에서 그녀의 목소리가 들렸다.

"저기요!"

그녀는 계단 난간에서 얼굴을 내밀고 말했다.

"차라도 한잔 드시고 가실래요?"

내 머리 속은 점점 더 혼란에 빠져버렸고, 그 순간 나는 더 이상 내 의지로 결정할 수 있는 일은 아무것도 없다는 생각이 들었다.

3 나는 침대에 걸터앉아 유리 화병에 꽂혀 있는 꽃을 바라보았다. 이 꽃은 사진 아줌마가 보여 준 앨범에 있는 꽃과는 달리 색깔이 없고 말라비틀어져서 고개를 푹 떨구고 있었다. 가구

와 전기제품 위에는 먼지가 켜켜이 쌓여 있었고, 빛 바랜 벽지는 마치 낡은 TV로 드라마를 보고 있는 느낌이 들 정도였다.

"세탁소에서 무슨 일을 하고 있어요?"

방 옆에 붙어 있는 부엌에서 물을 끓이며 그녀가 내게 물었다.

"세탁물을 지키는 일을 해요."

내 말을 이해하지 못한 듯 그녀는 의아한 표정을 지었다.

"최근 들어 여자 속옷을 훔쳐 가는 사람들이 많아서……."

나는 그렇게 설명을 덧붙였다.

그녀는 잠시 말이 없더니, "그렇구나" 하고 말했다.

"남의 물건을 훔치는 일은 나쁜 짓이니까……."

내가 거들었다.

그러자 그녀는 잠시 후에 다시 한 번 "그렇구나" 하고 말했다.

나는 설명을 잘 못하는 편이다. 그래서 그녀가 내 말을 이해해 주었다는 사실에 안도의 한숨을 쉬었다. 바깥 계단에서 누군가 올라오는 소리가 들렸다. 발자국은 그녀의 방을 지나쳐서 옆방으로 들어갔다. 옆방으로 향한 벽 두께가 무척 얇아서인지 옆방에서 목소리가 또렷하게 들려 왔다. 남자의 말소리와 여자의 웃음 소리가 들려 왔다. 조금 신경이 쓰였지만 듣지 않으려고 애썼다. 남의 얘기를 엿듣는 것은 좋지 않으니까.

"몇 살? 나이말이에요."

그녀는 아까보다 조금 큰소리로 물었다.

"스무 살이요."

나도 조금 큰소리로 대답했다.

"그렇게 안 보이는데……. 난 좀더 어리게 봤어요."

"스무 살 맞아요."

나는 내 나이보다 어려 보이는 편이다. 유치한 구석이 있어서 그렇게 보이는 것이겠지만, 나는 내가 어려 보이는 것이 그리 달갑지 않다.

"와, 귀엽게 생긴 모자네!"

그녀는 내가 쓰고 있는 모자를 쳐다보면서 처음으로 웃었다.

이 모자는 할머니가 만들어 준 것이다. 털실로 짠 것인데, 모자 끝이 뾰족한 게 도토리 모양이다. 챙은 초록색이고 그 위쪽은 옅은 갈색이다. 그리고 모자 전체에 빨간 점들이 퍼져 있다.

"할머니가 만들어 주신 거예요. 모자를 쓰지 않고 외출하면 경기를 일으키거든요."

그녀는 조금 놀란 듯 나를 쳐다보며 물었다.

"무슨 병이라도 있어요?"

나는 머리를 다친 이후로 외출을 할 때는 꼭 모자를 쓴다. 머리에 오랫동안 햇빛을 받으면 경기를 일으킨다. 처음에는 귀찮기도 하고 또 써야 하는 걸 잘 잊어버려서 제대로 챙겨 쓰지 않았다. 그

러나 그때마다 꼭 경기를 일으켜서 지금은 방 안에서까지 쓸 정도
로 몸에 배었다.

"병은 아니고 맨홀에 빠져서 머리에 상처가 생겼어요."

그 말을 듣고 그녀는 더욱 놀란 표정을 지었다.

"맨홀에 빠졌다고요?"

"할머니가 그렇게 말했어요. 나는 기억도 안 나지만……."

그녀는 한참 동안 나를 바라보았다. 그녀가 나를 쳐다보며 무슨
생각을 하는지는 모르겠지만 지금까지와는 조금 다른 표정이었
다. 그녀는 찬장에서 그릇을 고르며 말했다.

"그럼 할머니와 살고 있는 거네요."

그러고는 웃었다.

나는 언제부터인지는 기억나지 않지만 할머니와 살고 있다. 옛
날 일은 기억도 나지 않거니와 이야기해 주는 사람도 없었다. 하
여튼 어느 날 문득 보니 할머니와 단둘이 살고 있었다.

"혼자 살아요?"

이번에는 내가 그녀에게 물었다. 왠지 신경이 쓰였기 때문이다.

"늘 혼자……. 그래서 편해요."

그녀는 이 말을 하고 난 후 한참 지나서 이렇게 덧붙였다.

"보통 땐 그렇다는 말이에요."

그때 주전자에서 '삐' 소리가 났다. 물이 다 끓었나 보다. 그녀

는 사기 그릇과 찻잔 등을 쟁반에 담아 내가 있는 방으로 가지고 들어왔다. 사기 그릇은 할머니가 사용하는 것처럼 도자기로 만든 것이 아니라 유리로 된 투명한 것인데 모양이 참 예뻤다. 바로 앞에 있는 낮은 테이블에 작은 종이 봉지가 놓여 있었다. 병원에서 주는 약봉지였다. 그녀는 약봉지를 얼른 치우더니 그곳에 쟁반을 놓았다. 약봉지가 조금 신경 쓰였지만 거기에 대해서는 아무 것도 묻지 않았다. 그녀는 내 앞에 찻잔을 놓고 내 옆에 앉았다. 침대 위에 두 사람이 나란히 앉아 있는 상태였다. 옆방에서 들리는 목소리는 무엇이 그리 즐거운지 목소리 톤이 한층 더 높아지면서 방안 전체에 울려 퍼졌다.

그녀는 아무 말도 하지 않은 채 담배를 입에 물고 라이터를 켰다. 나는 잠자코 앞을 보고 있었다. 달리 눈을 둘 곳도 없고, 그녀를 바라보자니 너무 가까이 있었다. 지금까지는 잘 몰랐는데 이 방에는 유리로 된 물건들이 유난히 많았다. 화병과 액자와 작은 장식품 등……. 유리로 된 물건들이 너무 많아서 그녀도 혹시 유리로 만들어진 것은 아닐까, 하는 생각이 들 정도였다. 그녀가 토해 낸 연기가 내 앞을 천천히 지나갔다. 몇 가닥 하얀 선들이 서로 얽히듯 코끝을 스쳐 지나갔다. 이 방에서 움직이는 것은 연기뿐이었다.

잠시 후 나는 중요한 사실을 떠올렸다. 세탁소 일을 까맣게 잊고 있었던 것이다.

"그만 가봐야겠어요."

나는 차를 단숨에 들이켜고 일어섰다.

"조금 더 있으면 안 되나요?"

그렇게 말하는 그녀의 표정이 바뀌었다. 세탁소에서 보았을 때
와 똑같은 표정이어서 조금 놀랐다.

"차를 더 가져올 테니……."

사실 조금 더 있어도 되지만 아무래도 세탁소가 몹시 신경이 쓰
였다.

"세탁소 때문에……."

나는 그렇게 말하면서 일어나려 했다.

그러자 그녀는 조금 더 큰 목소리로 말했다.

"부탁이에요."

나는 깜짝 놀라 그녀를 바라보았다. 고개를 숙이고 있어서 얼굴
은 볼 수 없었지만, 윗도리 가슴 언저리에 새겨진 별 모양의 자수
가 눈에 들어왔다.

"오 분만 더 있어 줄래요?"

그녀는 여전히 고개를 숙인 채 말했다.

나는 잠시 동안이지만 고민을 한 끝에 말했다.

"그러죠."

그러고는 다시 자리에 앉았다. 그녀가 원했고 5분 정도면 큰 지장이 없다고 생각했다. 그녀는 침대 위에 놓인 내 손에 자신의 손을 겹쳐 놓으며 작은 목소리로 말했다.

"고마워요."

태양은 빌딩과 철탑을 붉게 물들이며 지려 하고 있었다. 나는 그녀가 가르쳐 준 대로 메모지에 적어 놓은 길을 따라 혼자 걸어갔다. 그녀는 5분 동안 아무 말도 하지 않았다. 그저 묵묵히 담배만 피워댔다. 솔직히 나는 가슴이 조금 두근거렸다. 여자의 손을 잡아 본 것은 할머니말고는 처음이었다.

모퉁이를 돌자 강변길이 나왔다. 여기서부터는 메모지를 보지 않아도 되었다. 강을 끼고 죽 뻗은 길을 따라가면 된다. 멀리 가스탱크가 보였다. 여기서는 가스탱크가 더 크게 보였다. 보통 때도 크지만 지금은 두 배는 더 커 보였다. 거대한 붉은 태양은 무언가에 몹시 화가 나 있는 듯했다. 태양이 화를 낼 리는 없다는 것은 알고 있지만 왠지 그렇게 보였다. 그날 밤 나는 오늘 있었던 일을 할머니께 슬쩍 이야기해 드렸다. 정말 있는 그대로 다 말씀 드렸다. 이야기를 다 듣고 나서, 할머니는 그녀를 '불여우'라고 불렀다.

4 오늘은 평소보다 더 많은 손님들이 세탁소에 찾아왔다. 오후부터 비가 올 것이라는 예보가 있었기 때문이다. 나는 늘 그랬던 것처럼 의자에 앉아서 세탁소 안을 지켜보았다. 오늘도 아무 일 없이 지나갈 뻔했다. 이렇게 표현하는 것은 실제로 사건이 일어났다는 뜻이다. 사건은 바로 권투 선수인 미야시타가 벌였다.

처음에 그는 다른 손님들 틈에 섞여서 그냥 빨래를 하고 있었다. 봉지에서 자신의 빨랫감을 꺼내는 모습들이 다른 날과 다를 게 없었다. 그런데 그가 갑자기 울부짖는 듯한 소리를 지르며 손님들을 향해 빨랫감을 던지기 시작했다. 셔츠와 팬티, 복싱 글로브까지 손에 잡히는 대로 계속 던져댔다. 놀라서 몸을 피하는 사람, 두려움에 뒷걸음질치는 사람, 서로 부딪혀 화를 내는 사람 등 갖가지 반응으로 인해 세탁소에서는 한바탕 소동이 일어났다. 그 와중에 고개를 번쩍 쳐든 그의 얼굴을 보고 사람들은 그만 얼어붙고 말았다. 그의 왼쪽 눈두덩이 찢어져 시퍼렇게 퉁퉁 부어 올라 있었던 것이다. 그 모습을 보자 갑자기 어젯밤에 권투 시합이 있었다는 사실이 떠올랐다. 미루어 짐작컨대 그가 무난히 19패(敗)를 넘어선 것이 틀림없었다.

"나는 안 돼! 되는 게 없는 인간이라구!"

미야시타는 그렇게 말하면서 갑자기 무슨 생각이 들었는지 죽 늘어서 있는 건조기 쪽으로 눈을 돌렸다. 그때 건조기 한 대 외에는 모두 작동 중이었다. 그는 그 건조기를 향해 걸어갔다. 우리들은 말없이 서서 그를 주시했다. 그 순간 눈치 없이 말을 걸었다가 성질을 자극하거나, 자칫 잘못해서 이쪽으로 걸어오면 더욱 큰일 나기 때문이다.

그는 건조기 문을 열어 안쪽을 들여다보았다. 건조기의 어느 부분에 특별히 흥미를 느꼈는지, 텅 빈 드럼 속을 물끄러미 바라보았다. 그러더니 머리를 더욱 안쪽으로 들이밀고는 그대로 손발을 접어 드럼 속으로 들어갔다. 그의 몸은 어느새 빨려 들어가 건조기 속으로 쑥 들어가버렸다. 사람들은 지금 눈앞에서 벌어지고 있는 광경을 도무지 믿을 수 없다는 표정을 지었다. '도대체 이게 무슨 일이란 말인가?' 하는 표정이었다. 마침내 건조기의 문이 '쾅!' 하고 닫혀버렸다.

일기예보는 훌륭하게 맞아떨어져서 오후부터 비가 내렸다. 세탁소 앞에 많은 사람들이 모여들었고, 저마다 우산을 받쳐든 채 목을 빼고 세탁소 안을 들여다보았다. 마치 동물원에 새 구경거리가 들어오기라도 한 것처럼 말이다. 세탁소 안에서는 동네에서 힘깨나 자랑하는 남자들이 쉴 새 없이 들락거리며 건조기 문을 이리저리 당겨 보았다. 미야시타는 필사적으로 저항하며 문을 잡은 손을 놓지 않았다. 화가 나서 문을 두드리는 사람, 심지어는 돈을 넣

어 건조기를 작동하려는 사람도 있었다. 바깥에서 구경하던 사람들 사이에서 경찰을 부르자는 의견이 나왔다. 그 목소리가 미야시타에게도 들렸는지 순간 그의 낯빛이 바뀌었다. 다른 구경꾼들 사이에서는 119구조대를 부르는 게 더 낫겠다는 소리가 들려 오기도 했다. 지난달에 우물에 빠진 도둑 고양이를 구조하는 바람에 119구조대원이 화제가 된 적이 있었다. 나는 그렇게 되면 건조기가 망가져버리는 것이 아닐까 하는 생각에 잠시 등줄기가 서늘해졌다.

모여든 사람들 뒤쪽에서 어떤 빛이 비치자 사람들은 일제히 뒤를 돌아보았다. 사진 아줌마였다. 아줌마는 세탁소 안으로 성큼성큼 걸어 들어오더니 계속해서 카메라 셔터를 눌러댔다. 플래시의 하얀 빛이 터지자 눈이 퉁퉁 부은 미야시타의 얼굴이 마치 망령처럼 드러났다. 아줌마는 건조기 쪽으로 더욱 가까이 다가가서 그에게 고개를 조금 들어 보라고 말했다. 미야시타는 웬일인지 순순히 그녀의 말을 따랐다.

"특종!"

아줌마는 그 한마디만을 남기고 세탁소를 나갔다.

밤이 깊어지자 빗줄기는 더욱 굵어지고 멀리서 천둥 소리까지 들렸다. 결국 경찰은 오지 않았다. 다른 곳에서 대형 사건이 터졌는지 모두 그쪽으로 출동해 버렸다. 그렇게 많던 구경꾼들이 지금은 다 사라지고 장정들도 미야시타의 저항에 패배를 인정하고 돌아갔다. 권투에서는 1승도 올리지 못한 미야시타가 결국 여기서 승리를 하고 세탁소의 챔피언이 된 것이다. 나는 세탁소에 혼자남아 긴 의자에 앉아 그날 있었던 일을 낱낱이 수첩에 적었다. 그때 건조기 안에서 쉰 목소리가 가느다랗게 흘러나왔다.

"어이!"

지금까지 드럼통 속에서 꼼짝 않고 있던 미야시타가 어느새 건조기 문을 열어 놓고 있었다. 나는 놀라서 그를 쳐다보았다.

"구급차 왔어?"

조금 전에 구급차가 사이렌을 울리며 지나간 것이 신경 쓰였나보다.

"누군가 병이 났어? 아니면 자살이라도 했어?"

그는 웃으면서 그렇게 말했다. 부풀어오른 눈꺼풀 때문에 웃는모습은 한층 더 무서웠다. TV에 그런 얼굴이 나오면 할머니는 당장 채널을 돌리라고 말할 것이다. 나는 가능한 그의 눈이 아니라이마를 쳐다보려고 애썼다.

"나도 어제 타봤어. 구급차말야."

그렇게 말하는 그의 이마에 가로로 주름이 생겼다. 웃는 얼굴이험상궂은 얼굴로 바뀌었다.

"한심한 얘기지. 이 라운드에서 넉다운 되다니……."

그는 고개를 푹 숙인 채 나지막이 중얼거렸다. 내 기록에 따르면 그는 지금까지 1라운드를 넘겨본 적이 없다. 따라서 이번에는 그나마 꽤 오래 버틴 셈이다.

"하지만 말야, 조금만 더 버텼으면 됐을 텐데……. 중간까지는 일방적으로 내가 공격을 했거든. 내 자신도 놀랄 만큼 펀치가 잘 먹혔어. 나는 놈을 슬슬 코너 쪽으로 밀어붙였지. 놈은 일방적으로 방어하기에 바빴어. 그 여세를 몰아 열다섯 번이나 펀치를 날렸어. 분명히 기억해. 열다섯 번이나 말이야. 하지만 결정타는 그게 아니야. 오른쪽 어퍼컷이었어."

그는 권투 포즈를 취했다. 그리고 그의 오른쪽 주먹이 건조기 입구의 둥근 고무 테두리를 쳐서 '픽' 소리가 났다.

"복부를 겨냥해서 가드가 아래로 내려갔을 때 오른쪽 밑 사십오 도 각도에서 이렇게 쳐올리는 거야."

이번에는 격렬하게 부딪혀서 '툭' 하는 둔탁한 소리가 났다.

"이 주먹이 놈의 턱을 완전히 날렸지. 그러자 놈의 무릎이 힘없이 꺾였어."

그는 어제 있었던 시합을 완벽하게 재연하고 있었다. 얼굴이 벌게지면서 숨소리까지 거칠어졌다.

"놈의 다리가 풀리고 있었어. 그건 분명했어. 그래서 나는 쉬지 않았던 거야. 지금이 찬스라고 생각했지."

미야시타의 숨소리는 더욱 거칠어지고 목소리도 커졌다.

"나는 내 자신에게 신호를 주었어. '지금이다, 고우(go)!' 나는 고개를 끄덕이며 이렇게 말했지. '좋아, 간다! 내게 맡겨!'"

미야시타의 눈에서 빛이 나면서 몸이 좌우로 흔들리기 시작했다. 그는 너무 많이 움직여서 건조기에서 몸이 삐쳐나와 밖으로 떨어질 것만 같았다.

"그 다음에 나의 맹돌진이 시작됐지. 관객들은 일제히 일어나서 체육관이 떠나가도록 함성을 지르며 나를 환호했어. 그것은 쇼의 시작이었어. 새로운 전설의 탄생! 복싱계의 신이 내게로 오는 순간이었지!"

그의 목소리는 한층 더 커지더니 갑자기 그가 건조기에서 튀어나왔다.

"왼쪽 연타에서 오른쪽 스트레이트! 가드가 올라가는 순간 다시 바디! 원, 투, 원, 투! 라이트, 레프트, 그리고 다시 라이트, 레프트!"

흥분한 그는 '라이트, 레프트!'를 외치며 나를 향해 계속 펀치를 날렸다.

"놈은 필사적으로 방어했어. 하지만 내 펀치는 그걸 용납하지 않았지. 글러브 위로 집요하게 계속 펀치를 가했어. 놈은 오로지

바디를 막을 생각밖에 없었어. 나는 완전히 무방비 상태가 된 턱을 향해 다시 한 번 환상의 어퍼컷을 날렸어!"

그는 오른쪽 주먹을 천장을 향해 날렸다. 스포트라이트가 그를 비추며 사람들의 환성이 들리는 듯했다. 나도 괜히 덩달아 흥분되었다. 그의 흥분이 나에게까지 전염된 듯했다. 그래서 나도 모르게 아까부터 궁금하게 여기던 것을 물어 보고 말았다.

"저기요……."

미야시타는 오른팔을 들어올린 채 옆눈으로 나를 쳐다보았다. 나는 그의 눈을 똑바로 쳐다보며 말했다.

"구급차는 빨리 달려요?"

미야시타는 동작을 멈추었다. 양팔이 축 늘어지더니 한순간 그의 눈에서 빛이 사라졌다. 내가 실수를 한 것이다. 이 순간에 그런 것을 물어보는 것이 아니었다. 천둥 소리가 더욱 커졌다. 번개가 어딘가로 떨어졌나 보다. 미야시타는 입을 다문 채 한 발자국도 움직이지 않았다. 빗줄기는 어느새 가늘어지고 속력을 낸 차들이 물보라를 날리며 지나가는 소리가 들렸다. 잠시 후 그가 건조기를 가리키며 말했다.

"조금 더 들어가 있어도 될까?"

"그러세요."

"미안하군."

미야시타는 등을 동그랗게 말더니 다시 건조기 속으로 들어갔다.

5 비는 완전히 개이고 유리창 너머로 하늘이 보였다.
오늘 하늘은 여느 때와는 달리 더욱 짙푸르게 느껴졌다. 내가 그
것을 느낀 것은 오전 10시가 조금 지났을 즈음이었다. 그때는 세
탁소 문을 열 시간이 훨씬 지나 있었다. 세탁소 안의 긴 의자에서
눈을 뜬 나는 내가 지금 어디에 있는지 전혀 알지 못한 채 서서히
몸을 일으켰다. 옆을 보니 건조기 안에서 미야시타가 자고 있었
다. 그를 보고 있으니 어젯밤의 일이 비로소 떠올랐다.

그렇다고 해서 달라진 것은 하나도 없었다. 나는 늘 하던 대로
걸레질을 시작했다. 양동이에 물을 길어 바닥을 걸레질하고 있으
니 할머니께서 입버릇처럼 하시던 말씀이 떠올랐다. 세상에는 잘
풀리는 사람과 그렇지 않은 사람이 있다. 그것은 신(神)이 결정하
는 일이라, 여름에는 덥고 겨울에는 추운 것처럼 우리 힘으로 어
떻게 할 수 없는 것이라고 말이다. 어떻게 할 수 없는 일은 받아들
이는 수밖에 없다고…….

나는 문득 '불여우'를 떠올렸다. 그저께 만난 그 '불여우'는 이

세상이 시덥지 않다는 표정을 짓고 있었다. 그녀는 세상을 달관한 표정으로 담배를 피우며 침대에 앉아 있었다. 혼자 사는 것이 편하다고 말하고는 한참을 있다가 "보통 때는 그래요" 하고 말했다. 처음에는 하지 않았던 '고맙다' 는 말을 나중에는 했다. 왜 그랬을까? 내 머리 속은 텔레비전의 배선이 혼선되듯 혼란스러웠다. 정신을 차리고 보니 나는 계속 같은 곳을 닦고 있었다.

바짝 말라버린 걸레를 적시기 위해 양동이가 있는 쪽으로 걸어 갔다. 입구 바깥쪽으로 누군가의 그림자가 보였다. '불여우' 였다! 커다란 여행 가방을 들고 세탁소로 들어오고 있었다. 방금 머리 속에서 생각하고 있던 사람이 눈앞에 실제로 나타나자 묘한 기분이 들었다. 그녀는 세탁기로 걸어가서 가방에서 빨랫감을 꺼내 집어 넣었다. 나는 하던 일을 계속하기 위해 걸레를 양동이에 담궜다.

"세탁이 끝나면 잠깐 어디 좀 같이 가줄래요?"

그녀는 등을 돌린 채 말했다.

"어디를요?"

"바래다줄 수 있어요? 버스 정류장까지?"

이번에는 뒤를 돌아보면서 좀더 명랑하게 말했다.

나는 잠시 생각했다. 그녀를 바래다주는 것은 상관없지만 세탁소 문을 열어 둔 채 나간다는 것이 마음에 걸렸다.

"안 돼요?"

그녀가 다시 물었다.

나는 잠시 생각한 후에 말했다.

"그러죠."

"사실은 고향으로 돌아가려고 해요."

그녀가 그 말을 한 것은 언덕길을 다 내려왔을 때쯤이었다.

길 왼쪽에 있는 한 초등학교 운동장에서 아이들이 뛰어 노는 소리가 들려 왔다. 마침 점심 시간이었다.

"왜요?"

내 질문에 그녀는 대답을 하지 않았다. 아이들의 떠드는 소리에 묻혀서 못 들었는지도 모른다. 운동장에서 아이들이 공놀이와 줄넘기 등을 하며 놀고 있었다. 그때 그 아이들과 떨어진 곳에 있는 한 아이가 눈에 띄었다. 철망을 따라 죽 심어진 나무들 사이에서 한 남자 아이가 우리 쪽을 바라보고 있었다. 마치 새끼 원숭이처럼 철망에 매달린 채 금방이라도 떨어질 것처럼 다리를 흔들고 있었다. 종이 울리자 모든 아이들이 교실로 뛰어 들어갔지만, 그 아이는 혼자서 여전히 다리를 흔들며 대롱대롱 매달려 있었다.

"조금 돌아가도 될까요?"

그녀가 말했다.

"좋아요."

나는 원숭이를 닮은 그 아이를 바라보며 말했다.

우리는 버스 정류장으로 가는 지름길을 피해 강 쪽으로 걸어갔다. 마을과 마을의 경계에 있고 강폭이 넓어 많은 화물선들이 드나들었다. 제방의 계단을 올라가니 옆마을이 보였다. 다리를 건너면 가까운 거리겠지만 실제로 가본 적은 없다. 내가 살고 있는 곳과 별 다를 것이 없을 것 같기도 하고, 어쩌면 전혀 다를 수도 있을 것이다.

"별로 말이 없군요."

그녀가 말했다.

처음 듣는 말이라 낯선 느낌이 들었다.

"그거 알아요? 말이 별로 없는 사람은 마음속으로 많은 말을 하고 있다는 거."

마음속으로 많은 말을 한다는 건 무슨 뜻일까.

"사실 나도 말이 많은 편이 아니에요. 하지만 그건 그리 좋은 건 아닌 것 같아요. 사람들이 멀어져 가거든요."

그녀는 나를 바라보았다.

"무슨 말인지 알겠어요?"

"어느 정도는……."

나는 확실히는 아니지만 조금은 알 것 같았다.

"난 알아요."

그녀는 앞을 바라보았다.

하늘은 평소와 달린 짙푸른 색을 띠고 구름 한 점 없었다. 우리는 제방의 자갈길을 하염없이 걸었다. 잠시 걷다 보니 앞쪽으로 커다란 물웅덩이가 보였다. 아마도 어제 내린 비로 생긴 것 같았다. 그곳만 유난히 자갈이 깊이 패어서 물이 고이기 쉽게 되어 있었다. 나는 물웅덩이를 피해 옆으로 걸었다. 그러나 그녀는 그 물웅덩이를 보지 못했는지 계속 앞만 보고 걸었다.

"앞에 웅덩이가 있어요!"

내 목소리가 들리지 않았는지 그녀는 피하려 하지 않았다. 세 걸음만 더 가면 구두가 물 속으로 빠질 참이었다. 내가 다시 한 번 소리치려 하자 그녀는 눈치를 챘는지 걸음을 멈추었다. 그녀의 발은 물웅덩이 바로 앞에서 멈춰 섰다.

"저기 있잖아요."

발밑을 보며 그녀가 말했다.

"이 물웅덩이를 내가 뛰어넘을 수 있을까요?"

나는 물웅덩이를 쳐다보았다. 그 물웅덩이는 남자들도 겨우 뛰어넘을까 말까 할 정도로 넓었다.

"힘들 것 같은데……."

"한번 상상해 봐요. 앞은 깊은 계곡이고 만약 떨어지면 절대로 돌아올 수 없다고. 아니 죽는다고……."

나는 그녀가 장난을 치는 줄 알았다. 물웅덩이는 아무리 깊어도 발목이 잠길 정도라 죽는다는 것은 말도 안 되는 소리였다.

"상상하고 있어요?"

"아니요."

나는 그녀를 바라보았다. 놀랍게도 그녀는 매우 심각한 얼굴을 하고 있었다.

"이 계곡을 뛰어넘으면 다른 나라로 갈 수 있을 거야. 그렇게 한 번 상상해 봐요."

그녀는 물웅덩이를 가만히 바라보며 말했다. 그녀가 꽤 심각한 것 같아서 나는 다시 생각해 보기로 했다. 그리고 이번에는 제대로 상상해 보았다. 내 눈앞에 있는 것이 물웅덩이가 아니라 깊은 계곡이라고……

그러자 어디선가 이상한 소리가 들려 왔다. 귀를 기울여 보니 그것은 바람 소리였다. 바람 소리는 내 귓전을 스쳐 지나가서 물웅덩이 속으로 소용돌이처럼 무섭게 빨려 들어갔다. 마치 청소기로 방바닥의 먼지를 빨아들이는 것 같았다. 바람이 전부 빨려 들어가자 이번에는 수면에 구멍이 뚫렸다. 구멍은 주변에 있는 물과 자갈을 빨아들여 개미지옥처럼 퍼져 나갔다. 그러더니 결국 아까까지 보였던 수면은 깊은 밑바닥으로 가라앉고 그와 동시에 험준한 벼랑이 나타났다. 결국 물웅덩이는 모습을 바꾸어 내 몸이 쑥 빠질 정도로 거대한 계곡으로 변했다.

"어때요?"

그녀가 물었다.

"상상하고 있어요?"

나는 당당하게 대답했다.

"네."

그녀는 기쁘게 웃더니 내게 백을 건네고는 왔던 길로 20미터쯤 되돌아가 멈춰 섰다. 그리고 휙 돌아서서 구두 앞머리로 선을 그었다.

"자, 간다!"

그녀는 주먹을 불끈 쥐고 달리기 자세를 취했다. 나는 가슴이 두근거렸다. 뛰어넘기에 실패하면 그녀가 정말 죽어버릴 것 같은 생각이 들었다.

"하나, 둘, 셋!"

그녀는 힘주어 외치고는 달리기 시작했다. 치맛자락이 뒤집히고 머리카락이 바람에 흩날렸다. 물웅덩이가 가까워질수록 가속도가 붙었고 몸 전체에서 생기가 넘쳤다. 구두가 물웅덩이 가장자리의 자갈을 밟자마자 몸이 펄쩍 튀어 올랐다. 순간, 계곡 밑바닥으로 빨려 들어갔던 바람이 다시 휘몰아쳐 올라온 듯했다. 그녀의 몸은 돌풍에 휩쓸리듯이 짙푸른 하늘 위로 둥실 날아 내 눈앞에서 마치 슬로모션을 펼치듯 천천히 튀어 올랐다.

"성공이다!"

타다닥, 하는 자갈 소리를 내며 그녀가 함성을 질렀다. 그녀가 훌륭하게 물웅덩이를 뛰어넘은 것이다. 그녀는 양팔을 한껏 펼치며 나를 향해 달려왔다.

"해냈어! 뛰어넘었다구요!"

그녀는 내 손을 잡으면서 팔짝팔짝 뛰었다. 나도 덩달아 뛰었다. 그 모습이 왠지 우습다는 생각이 들어서 우리는 또 한 번 웃으며 팔짝팔짝 뛰었다. 마침내 그녀는 뛰기를 멈추고 내 손에서 백을 받아 들었다. 옷소매가 뒤집히면서 왼쪽 손목에 감긴 붕대가 보였다.

"다쳤어요?"

"별거 아니에요. 그냥 조금 긁혔어요."

그녀는 붕대를 숨기듯 오른손으로 감싸 쥐며 말했다.

"이제 됐어요. 여기서부터는 혼자 갈 수 있어요."

그러고는 그녀는 걷기 시작했다.

그 순간 나는 묘한 기분에 사로잡혔다. 어떻게 표현해야 할지는 모르겠지만 지금까지 느껴 보지 못한 기분이었다. 그녀는 조금 가더니 갑자기 멈춰 섰다. 그리고 먼 곳을 손가락으로 가리키며 소리쳤다.

"나, 옛날에는 가스탱크가 조금씩 커지는 줄 알았어요."

그녀의 손가락이 가리키는 곳을 보자 빌딩 사이로 나란히 서 있는 세 개의 가스탱크가 보였다. 나는 소스라치게 놀랐다. 그녀가 나와 똑같은 생각을 하고 있었던 것이다. 나는 다시 그녀를 보았다. 그녀의 모습은 이미 멀어져 가고 있었고 더 이상 뒤를 돌아보지도 않았다. 나는 혼자 남겨졌다. 마치 철망에 대롱대롱 매달린 새끼 원숭이처럼 왠지 처량한, 바로 그런 기분이었다.

6 하늘이 붉게 물들기 시작할 즈음 나는 세탁소로 돌아왔다.

"아무도 오지 않았어."

건조기 안에서 미야시타가 말했다. 나는 그에게 세탁소를 봐달라고 부탁했었다.

"고맙습니다."

나는 치워 두었던 의자를 밖으로 내오기 위해 세탁소 구석으로 갔다. 긴 의자를 지나 죽 늘어서 있는 건조기 속을 문득 들여다보니 옷이 하나 보였다. 옅은 남색 옷이었다. 가슴에 별 모양의 자수가 새겨진……. 나는 금방 알 수 있었다. 그녀가 또 옷을 잊어버리고 간 것이다. 뚜껑을 열고 옷을 꺼내서 펼쳐 보니 이상한 것이 눈에 띄었다. 왼쪽 소매 끝에 빨간 얼룩이 크게 번져 있었다. 세탁하면서 번진 것이겠거니 생각했는데, 자세히 보니 빨간 얼룩은 소매에서 배 쪽까지 군데군데 퍼져 있었고 소매에 그것을 닦아 낸 흔적이 있었다. 그저께 만났을 때는 없었는데 그후에 생긴 것일까. 도대체 여자 옷에 붉은 얼룩이 왜 이렇게 많이 생긴 것일까. 아무리 생각해 봐도 그럴 듯한 이유가 생각나지 않았다.

나는 그 옷을 다시 세탁하려고 세탁기에 집어넣고 세제를 한 스푼 넣었다. 새하얀 분말이 빨간 얼룩 위로 소복이 쌓였다. 나는 다시 한 스푼을 더 넣었다. 아무리 감추려 해도 빨간 얼룩은 여전히 보였다. 세 스푼을 넣고 다시 네 스푼을 넣었다. 얼룩은 이제 거의 보이지 않았지만 아직도 세제 사이로 희미하게 비치는 듯했다. 나는 다섯 스푼째 넣다가 결국은 세제를 통째로 들어올려 한번에 다 쏟아 부었다. 이번에는 옷이 온통 세제로 뒤덮여서 붉은 얼룩은 더 이상 보이지 않았다. 세탁기 문을 닫고 동전을 넣었다. 기세 좋게 물이 쏟아져 나왔고 세탁기는 소리를 내며 천천히 돌아가기 시작했다. 나는 혼자 멍하니 서서 언제까지나 그 소리를 듣고 있었다. 그것은 누군가가 훌쩍거리며 우는 듯 무척 슬픈 소리였다.

하늘은 여전히 짙푸르렀다. 나는 숨을 헉헉거리며 세탁소로 이어진 언덕길을 올라갔다. 세탁소에 도착해 문 앞에서 한순간 멈춰 섰다. 멈춰 서기는 했지만 오늘은 당황하지 않았다. 당황하지 않고 구두 속에서 열쇠를 꺼냈다. 오늘은 열쇠를 찾지 않도록 쉽게 기억할 수 있는 구두 속에 넣고 집을 나섰다. 이 작전은 훌륭하게 성공했고 나는 기분 좋게 문을 열고 세탁소로 들어갔다.

의자에 앉아 세탁소를 지키고 있으니 지팡이를 짚은 할아버지가 왔다. 비닐백에 넣은 러닝셔츠와 팬티를 세탁하러 온 것이다. 저녁때 먹은 크로켓이 마음에 들지 않았는지 기름지다는 둥 너무 크다는 둥 자기는 크림 크로켓을 좋아한다는 둥, 중얼중얼 며느리 욕을 하며 세탁소로 들어갔다.

"어때, 예쁘지? 양귀비가 잘 나왔지?"

사진 아줌마의 목소리에 나는 그녀의 손에 들려 있는 앨범으로 눈을 돌렸다. 새로운 앨범에는 최근 찍은 꽃 사진이 죽 꽂혀 있었다. 아줌마는 건조기에 빨래를 넣으면서 늘 하던 대로 끝에서부터 차례로 설명을 하기 시작했다.

권투 선수 미야시타는 여전히 건조기 안에 있었다. 나를 시켜 잡지를 사오게 해서 그것을 읽거나 컵라면을 먹으며 지냈다. 언제까지 있을 작정인지는 모르겠지만 제법 지낼 만한 것 같았다. 심지어 창문에 커튼을 달면 좋겠다는 말까지 할 정도였다.

"쇼핑 마저 끝내고 금방 돌아올게."

사진 아줌마는 내게 그렇게 말한 후 건조기에 빨래를 집어넣고 나갔다. 나는 아줌마를 배웅하고 나서 다시 세탁소 안으로 눈을 돌렸다. 옷을 훔치는 사람은 없었지만 방심하면 안 되었다. 나는 신경을 집중시키고 눈에 힘을 주었다. 나는 악당으로부터 지구를 지키는 지구방위대 대장이다. 하지만 너무 눈에 불을 켜고 있으면 피로해져서 눈이 아파 온다. 그래서 가끔 눈을 감는데, 눈을 감고 있으면 기분까지 편안해진다. 아무것도 보지 않아도 되니까.

　조금 후에 누군가의 구두 소리가 들렸다. 그 소리는 문 앞에서 멈추고는 '탁' 하는 가방 여는 소리로 바뀌었다. 눈을 감고 있던 나는 졸음 때문에 그 사람이 누구인지 제대로 보지 못했다. 그는 빨간 색 종이를 여러 장 유리창에 붙이고 있었다. 자세히 보이지는 않았지만 '매물'인지 뭐 그런 말이 쓰여 있는 것 같았다.

　"그런 인간은 청소기로 다 빨아들여야 해."

　세탁소 안에 있던 할아버지가 또 중얼거렸다. 나는 그 목소리를 자장가 삼아 깊은 잠에 빠져들었다.

2장

"저 물방울 하나하나에 내 모습이 비치고 있어."
그런 생각을 하며 시선을 돌렸다.

내 이름은 미즈에이다. 나는 내 이름이 썩 마음에 들지 않는다. 이름풀이 책자에 따르면, 이름에 '즈' 자(字)가 들어 있는 사람은 인생에 기복이 심하고 좋을 때와 나쁠 때의 차이가 극심하여 사는 동안 이혼이나 사별, 별거, 만혼, 질병, 사고, 재난 등의 슬픔을 겪게 된다고 한다. 게다가 성공을 코앞에 두고 좌절하거나 배우자에 대한 고민이 끊이지 않으며 이성운도 그리 좋은 편이 아니라고 한다. 요컨대 개명하지 않고 이 이름으로 계속 살면 '최악의 인생 보장', 뭐 그쯤 되지 않을까.

고향인 이 도시로 돌아온 것은 2년여 만이다. 이곳은 도쿄(東京)에서 2시간 반 동안 전차를 타고, 다시 버스를 타고 50분을 더 들어와야 한다. 이즈(伊豆)의 서해안을 따라 있는 온천가를 벗어난 곳에 있다. 꽃 재배가 활성화되면서 주목받기 시작한 이 도시는 고풍스러운 낡은 건물이 즐비해 있다. 최근 몇 년 사이에 관광지로 명성을 얻기 시작했다. 유명 온천지에 식상한 관광객들의 발길이 이쪽으로 몰리면서 주말이 되면 도시 전체가 조금 붐빈다.

나는 버스에서 내려 국도를 따라 걸었다. 한창 개발 바람이 불어닥친 이 도시의 생소한 풍경에 당혹감조차 느껴졌다. 예전에는 온통 밭으로 둘러싸였던 그 장소에 이제는 버젓이 전국 체인 패밀리 레스토랑이 들어서고, 커다란 얼굴을 드러내고 있는 고깃집을 보고 있으니, 내 고향 도시가 활성화된다는 기쁨보다는 솔직히 씁쓸한 기분이 앞섰다. 잠시라도 고향을 떠난 사람에게는 자신의 기억 속에 남아 있는 고향의 모습이야말로 마음의 지주 같은 것일 텐데 말이다. 하기야 나도 10대 소녀 시절에, 동네에 새 외국 브랜드 햄버거 가게가 생겼다는 사실에 흥분해서 하교길에 친구들과 수다를 떨며 줄을 서곤 했던 기억이 있기는 하다. 그 일을 생각하면 지금 내가 느끼는 감정은 모순이었다.

애초부터 내게는 고향에 대한 정 같은 것이 없었다. 철이 들 무렵부터 당연히 그래야 하는 것처럼 도쿄를 동경했다. 잡지에 나오는 도쿄 특집 기사를 읽으면서 시부야 어딘가에 새로운 가게가 오픈했다는 등의 정보를 보면 가슴이 뛰었다. 그와 반대로 내 고향의 행사나 풍습 등 향토애를 느끼게 하는 행사에는 전혀 흥미를 느끼지 못했다. 설날에도 지방의 설날 행사에 참석하지 않고 시내로 나갔으며, 여름 축제 시기에도 유카타(浴衣, 목욕을 한 뒤 또는 여름철에 입는 무명 홑옷-옮긴이) 차림을 한 친구들이 함께 가자고 하는 것을 뿌리치고 혼자 방에서 라디오를 들었던 적도 있다. 그런 내가 오늘은 웬일인지 신사로 이어지는 포석 깔린 참배길과 낡은 목조 건물의 구민회관이 무척 정겹게 다가왔다. 노인들의 사투리와 마을을 감싸는 바닷바람이 눈물겹도록 반갑게 느껴졌다.

국도를 벗어나 좁은 길로 접어들어 조금 걷다 보면 엄마가 운영하는 미장원이 있다. 미장원이라 해도 도시의 그것과는 차원이 다르다. 동네 아줌마들이 장을 보러 오고가는 길에 들르는 정도이다. 연말연시나 입학식과 같은 대목을 빼고는 근근이 연명하는 정도이다. 나는 미장원 앞에 서서 유리창 너머로 안을 들여다보았다. 손님의 머리를 만지고 있는 엄마의 모습이 보였다. 늘 손님을 상대하는 직업이니만큼 꽤 몸치장을 하는데도 2년 만에 보는 엄마의 모습은 왠지 늙어 보였다.

"저 왔어요."

나는 큰맘 먹고 미장원 문을 열고 들어갔다.

"어서 오너라. 피곤하지?"

애써 밝은 표정을 짓는 나를 엄마도 똑같이 맞아 주었다.

"아니, 피곤하지 않아요."

"네 방을 지금은 시오리가 쓰고 있어. 네가 좀 불편하겠구나."

"괜찮아요."

나는 손님에게 가볍게 눈인사를 하고 집으로 통하는 안쪽 계단으로 올라갔다.

2층에 있는 넓은 방이 원래 내 방이었다. 언니의 특권으로 제일 넓고 햇볕이 잘 드는 방을 차지하고 있었는데 집을 나간 후론 여동생 시오리가 사용하고 있었다. 깨끗한 실내와 깔끔하게 정돈된 책상이 동생의 성격을 그대로 드러내고 있었다. 모범생에다 고지식한 동생은 나와 충돌이 잦아 어릴 적부터 싸움 잘하는 자매로 동네에 소문이 자자했다. 혼자 도쿄에 나가기로 결정했을 때도 나를 힘들게 하더니 결국 마지막까지 말을 하지 않았고 배웅조차 하지 않았다. 그런 시오리가 올해 고등학교 2학년이다. 선반에는 립스틱과 거울이 놓여 있고 벽에는 키아누 리브스의 포스터가 붙어 있었다. 예전에는 연예인 따위에는 전혀 흥미가 없고 순정 만화만 읽어댔었다. 시오리의 변한 모습을 상상하니 왠지 모르게 입가에 미소가 번졌다.

"미즈에, 배고프니? 저녁 준비할까?"

계단 아래에서 엄마의 목소리가 들려 왔다.

"오늘 저녁은 제가 만들게요."

나는 방에서 얼굴을 내밀며 말했다.

"괜찮아. 피곤할 텐데……."

"아니, 내가 할게요."

피곤하기는 했지만 무언가를 하지 않으면 안 될 것 같았다. 엄마의 얼굴에 일순 불안감이 스쳐 지나갔지만 다시 밝은 표정을 지으며 말했다.

"그래, 그럼 부탁해 볼까?"

그리고는 미장원으로 돌아갔다.

나는 엄마의 기분을 이해할 것 같았다. 내게 어떻게 다가가야 할지 몰라 당황하고 있는 것이다. 어쩌면 이미 경찰에서 연락이 와서 꼬치꼬치 캐물었는지도 모른다. 자기 딸이 자살을 시도했다는 말을 듣고 태연할 수 있는 엄마는 이 세상 어디에도 없을 것이다.

내가 이런 말을 하기는 뭣하지만 엄마는 나약한 사람이다. 그 사실은 아버지에게 다른 여자가 생겨 집을 나가고 나서 더욱 확실해졌다. 엄마는 매일 아버지 욕을 해댔고, 울면서 어김없이 하는 말이 있었다.

"그 인간이 내 인생을 망쳤어!"

"애초부터 그 인간과 결혼하는 게 아니었어!"

이런 소리를 어릴 적부터 계속 듣다 보니 나도 모르는 사이에 남자에 대한 거부감을 갖게 된 것 같다. 그래서 연애에도 소극적이었다. 내가 도쿄를 동경하게 된 것도 그러한 환경에서 벗어나고 싶어서였는지도 모르겠다. 그러나 인정하고 싶지는 않지만 결국 난 어쩔 수 없이 엄마를 많이 닮았다는 사실을 알게 되었다.

스물네 살이 되었을 때 나는 도쿄에 가서 혼자 살았다. 고향에서 전문대학을 졸업한 후 늘 도쿄를 동경하고 있었지만, 막상 행동으로 옮기지 못하는 나약한 성격 때문에 그 마음을 차츰 접고 있었다. 그런 내게 어느 날 기회가 찾아왔다. 내가 일하던 꽃집이 도쿄에 지점을 낸다는 것이었다. 나는 기회를 놓칠세라 곧바로 도쿄로 날아갔다.

고향을 떠나 반년이 지나고 도시 생활에도 어느 정도 익숙해질 무렵 그를 만났다. 우편배달부였던 그는 꽃가게 문을 닫을 때쯤 찾아와서 오늘 중으로 어떤 사람에게 꽃을 배달해야 한다고 말했다. 오늘은 이미 늦어서 안 되고 내일 배달할 수 있다고 했지만, 그는 반드시 오늘 좋아하는 여자에게 꽃을 보내야 한다며 막무가내였다. 나는 하는 수 없이 승낙을 했다. 그는 몹시 기뻐하며 꽃을 받을 사람의 주소와 이름이 적힌 메모지를 주었다. 그곳에는 내가 일하는 꽃집 주소와 내 이름이 적혀 있었다.

새로운 환경에 떠밀려 적응하듯 연애도 그렇게 자연스럽게 시작되었다. 우리는 언제나 정해진 장소에서 만났고, 별 시답잖은 얘기도 즐겁게 나누었다. 그렇게 평범한 나날의 연속이었지만 내 마음은 충만감에 빠져 있었고 행복했다. 그는 나를 자주 칭찬해주며 내가 오드리 헵번을 닮았다고 말했다. 오드리 헵번이 누군지도 몰랐던 나는 비디오를 빌려 보았다. 〈올웨이즈(Always)〉라는 영화였다. 영화 속의 그녀는 무척 품위 있는 여성이었다.

시간은 시위를 떠난 화살처럼 빨리 지나갔다. 어느새 나는 스물다섯 살을 앞두고 있었다. 하루도 빠짐없이 그와 통화했지만 집과

가족에게는 몇 개월 동안이나 연락을 끊고 있었다. 생일에 대해서는 그가 먼저 말을 꺼냈다. 각자 직장에서 휴가를 내어 조금 먼 곳으로 여행을 떠나자고 했다. 그런데 그날 그는 약속한 장소에 좀처럼 모습을 드러내지 않았다. 나는 언제나 우리가 만나던 그 장소에서, 낮부터 장장 8시간을 추위에 떨며 그를 기다렸다. 어느새 밤 8시를 지나고 있었고 나는 그만 포기하고 그곳을 떠나려고 마음먹고 있었다. 그의 전화가 걸려 온 것은 바로 그때였다. 그는 수화기 너머에서 잠시 망설이더니 이렇게 말했다.

"아이가 태어났어."

그러고는 이렇게 덧붙였다.

"내겐 아내가 있어."

나는 혼자 보석상에 갔다. 내가 왜 그곳까지 갔는지는 나도 모른다. 문득 정신을 차리고 보니 보석상 앞에 서 있었다. 점원이 쇼케이스에서 반지 몇 개를 꺼내더니 내 손가락에 이리저리 맞춰 보았다. 그 모습을 보니 문득 떠오르는 생각이 있었다. 생일까지 받고 싶은 선물을 생각해 오라고 그가 말했었다. 오랫동안 생각해 보았지만 결국 아무것도 생각나지 않았다. 갖고 싶은 물건 같은 건 없었기 때문이었다.

다른 손님이 부르자 점원이 그쪽으로 갔다. 결혼 반지라도 고르

러 온 것일까. 조용했던 가게 안은 그 커플의 즐거운 목소리로 가득 채워졌다. 앞쪽으로 시선을 돌리자 작은 보석이 박힌 백금 반지가 눈에 들어왔다. 그 반지를 손으로 살짝 감싸 쥐어 보니 아무런 감촉이 느껴지지 않았다. 점원이 그 커플을 데리고 한쪽 구석에 있는 계산대로 가고 있었다. 분명 사이즈를 확인하거나 이름을 새기려는 것 같았다. 그 순간 가게 안에 내 존재를 의식하는 사람은 아무도 없었다. '그대로 가게를 빠져 나와도 아무도 알아채지 못한다.' 이런 목소리가 내 귓전에서 들려 왔다. 어느 정도 시간이 지났을까. 문득 정신을 차리고 보니 나는 도로를 걷고 있었다. 천천히 펼쳐 본 손바닥 안에 땀에 흠뻑 젖은 백금 반지가 있었다. 나는 태어나서 처음으로 물건을 훔친 것이다.

그후로 나는 뭔가에 홀린 듯이 훔치는 일을 되풀이했다. 잡지, 옷, 식료품, 액세서리 등 닥치는 대로 훔쳤고 그것을 우체통에 버렸다. 그후 몇 개월이 지난 어느 날, 나는 체포되었다. 벌건 대낮에 상점가에서 양손에 15인치 텔레비전을 든 채로 말이다.

도시와 시골의 차이는 밤에 확연히 드러난다. 바로 암흑과 정적이다. 밤이 하루의 끝이라는 사실을 이 거리는 확실하게 가르쳐 주었다. 시계 바늘은 밤 10시를 가리키고 있었다.

나는 침대에 가로누워 동생의 뒷모습을 바라보았다. 엄마에게 무슨 얘기를 들었는지 하나뿐인 침대를 내게 양보하고 자기는 이불 위에 앉아서 비디오 게임을 하고 있었다. 동생과 같이 방에 누워 보기는 어린 시절 이후 처음인 것 같다. 하지만 내 방이었던 곳에서 손님 취급을 당하는 기분은 썩 좋다고는 할 수 없었다.

"난 정말 이불에 자도 상관없는데……."

동생은 대답을 하지 않고 계속 게임에 열중했다. 내가 이곳에 온 이후로 우리 두 사람은 얼굴을 맞대고 대화다운 대화를 나누어 보지 못했다.

"카레 어땠어? 먹을 만은 했지?"

이리저리 궁리한 끝에 나는 결국 간단한 야채 카레라이스를 만들었다. 특별히 넣은 브로콜리가 엄마의 흥미를 자극했다.

"보통……."

등을 보인 채 동생이 처음으로 내게 말했다. 그녀가 나에 대해 적대감 같은 것을 느끼고 있다는 것은 알고 있었지만, 그래도 왠지 장난기가 발동해서 조금 짓궂은 질문을 해보았다.

"좋아하는 남자 있어?"

"없어."

"그래?"

우리의 대화는 그것으로 끊어졌다. 동생은 크게 한숨을 쉬더니 TV 볼륨을 높였다.

"잘 자."

나는 이불을 뒤집어쓴 채 오지 않는 잠을 청하며 눈을 감았다.

2 아침 일찍 눈이 떠졌다. 언제 잠이 들었는지는 기억나지 않지만 게임 하는 소리를 들으며 한참을 누워 있었던 것 같다. 몸을 일으키려고 매트를 짚자 손목의 상처가 아려 왔다. 무리해서 요리를 한 것이 잘못된 것 같았다. 상처 난 부위에 손을 대고 맥을 짚어보았다. 당연한 일이겠지만 혈액이 혈관을 통해 흐르고 있다는 것이 느껴졌다. 지금 내가 살아 있다는 것을 실감할 수 있는 것은 이것뿐인지 모른다.

세면대로 가기 위해 무거운 머리를 이끌고 계단을 내려오자 부엌에서 무슨 소리가 들렸다. 엄마와 동생이 승강이를 벌이는 소리였다.

"엄마, 언니 언제까지 여기 있을 건데?"

"언제까지라니, 계속 있는 거지."

"창피해 죽겠어. 사람들이 이것저것 물어 본단 말야."

동네가 빤해서 소문은 무서운 속도로 번져 나간다. 누구네 집 자식이 돌아왔다더라, 하는 식의 소문이 온 동네에 퍼지는 데는 채 하루도 걸리지 않는다.

"내 생각도 좀 해줘야지."

"시오리, 조금만 참아."

자신의 생각을 다 말해 버리는 동생과는 달리 엄마는 말을 아꼈다. 하지만 엄마의 말투에서도 편치 않은 기색이 배어 나왔다.

"내가 왜 참아야 하는 거야? 언니 땜에……."

"어쩔 수 없잖니. 언니는 보통 아이가 아니잖아!"

쾅, 하고 문이 닫히는 소리가 났다. 엄마가 가게로 나간 것 같았다. 엄마가 거칠게 내뱉은 마지막 말이 내 귓전을 맴돌았다. '언니는 보통 아이가 아니잖아!'

오후에 엄마의 지인이 경영하는 공장에 갔다. 엄마는 편하게 푹 쉬라고 배려해 주었지만, 하루빨리 어디라도 취직하고 싶었다. 특별히 일을 하고 싶은 것은 아니었지만 집에서 할 일 없이 멍하니 있으면 우울해지기 때문이다. 이유는 그뿐이었다.

중앙에 설치된 커다란 컨베이어 벨트를 둘러싸고 나이 지긋한 주부들이 코드 종류를 연결하거나 소켓을 꽂고 있었다. 대화는 거의 하지 않고 묵묵히 흐름을 따라 작업하는 모습을 보니 내가 원하긴 했지만 솔직히 불안감이 앞섰다. 과연 내가 여기서 적응할 수 있을까.

"그렇게 굳은 표정 짓지 말아요. 모두 친구처럼 잘 지낸답니다."

사람 좋아 보이는 공장장 야스다 씨가 말했다.

"잘 부탁합니다."

"그게 말이죠……. 솔직히 말해서 월급이 많다고는 할 수 없지만……. 하지만 말이죠, 즐겁게 일할 수는 있을 거예요."

엄마 연배의 나이 차이가 나는 사람들에 둘러싸여 같은 일을 되풀이하는 작업이 언뜻 보기에도 따분하고 재미없어 보였다. 하지만 지금 그런 걸 따질 처지가 아니었다. 밖으로 나가서 사람들과 접촉할 기회를 조금이라도 더 만들어야 했다.

"모두가 대환영이에요. 당장 내일 오후부터라도 출근하세요."

"네."

"괜찮아요. 여기 사람들은 그런 일은 조금도 신경 쓰지 않으니까."

살짝 미소 짓고 있는 야스다 씨의 시선이 내 왼손에 감겨 있는 붕대로 향하고 있다는 것을 느꼈다. 나는 그것을 못 본 척, 옅은 미소를 지으며 머리를 숙였다.

공장을 나와 상점가의 구두 가게에 들렀다. 이렇게 쇼핑해 본 지도 참 오랜만이었다. 기분 전환 하기에는 아무래도 쇼핑이 딱 좋은 것 같았다. 문득 얼굴을 들어 바깥을 보니 앞길에서 동생 시오리가 친구들과 어울려 지나가고 있었다. 하교길인지 서로 농담을 주고받으며 입을 크게 벌리고 깔깔깔, 웃고 있었다. 어젯밤 내게 보여 주었던 얼굴과는 정반대로 여고생답게 웃는 동생이 그곳에 있었다.

"뭐 찾고 계신 거라도 있나요?"

점원의 목소리에 나는 다시 시선을 구두 쪽으로 돌렸다.

"편한 신발을 찾고 있어요."

"이쪽에 진열되어 있는 것이 감촉이 부드럽고 발이 편안해요."

선반 한쪽을 가리키며 점원이 말했다.

나는 선반에 죽 늘어서 있는 구두를 한번 훑어보고는 점원에게 물어 보았다.

"저, 죄송한데요……."

"네, 말씀하세요."

"보통 아이는 어떤 구두를 신나요?"

점원은 이해할 수 없다는 듯한 표정으로 나를 돌아보았다.

3 저녁이 되자 미지근한 물에 몸을 담근 채 과거의

기억을 더듬어 보았다. 도대체 언제부터 나는 '보통 아이'가 아니었던 것일까. 예전에는 특별할 것도 없는, 어디서나 흔히 볼 수 있는 평범한 아이였다. 내 또래들이 그랬듯이 치마 길이에 신경을 쓰고, 잡지를 펼치면 별자리 운세를 열심히 들여다보며, 짧게 자른 머리를 아쉬워하는, 그런 평범한 아이였다. 너무 평범한 것이 따분해서 괴짜 친구를 부러워하여 흉내를 내보기도 하다가 결국 다시 제자리로 돌아오는, 그런 아이였다. 장래 희망이라고는 도쿄로 나가 꽃집에서 일하다가 스물다섯 살에 결혼을 하는 것이었다. 오로지 그것만을 머리 속에 그리고 생각하는 아이였다. 때로 그 작은 소망을 노트에 적어 놓고는 혼자서 가슴 뛰는 상상을 하기도 했다. 그랬던 내가 어쩌다 범죄자가 되어 경찰에 체포되고 자살까지 시도하게 된 것일까. 더 이상 그 시절로 되돌아갈 수는 없는 것일까. 수도꼭지를 틀어 미지근한 욕조에 뜨거운 물이 흐르자 문득 어떤 사건이 떠올랐다. 내가 초등학교 저학년 때의 일이었다.

아버지가 집에 들어오지 않은 지 수개월이 지난 어느 날, 현관 입구에 한 여자가 나타났다. 그때 비록 어리긴 했지만 엄마의 태도를 보고 그 여자가 아버지가 바람을 피운 상대라는 것을 금방 알 수 있었다. 그녀는 현관에 꿇어앉은 채 엄마에게 아버지와 헤어져 달라고 말했다. 잠자코 아래만 쳐다보는 엄마와 깜짝 놀라 서 있는 내 앞에서 아버지는 자기 것이라고 뻔뻔스럽게 말했다.

잠시 후, 소문을 전해 들은 동네 사람들이 몰려와 그녀를 둘러쌌다. 쏟아지는 온갖 욕설 세례를 받으면서도 그녀의 얼굴에서 죄책감 같은 것은 찾아볼 수 없었다. 체면이나 윤리도덕 따위는 우습다는 듯 오로지, 필사적으로 자신이 원하는 것만을 떠들어댔다. 그때 나는 그녀의 행동을 이해할 수 없었다. 우리한테서 아버지를 빼앗아 간 여자가 어떻게 그리 당당할 수 있는지 도무지 이해할 수 없었다. 그녀는 질질 끌려가듯 집에서 쫓겨나자 뒤도 돌아보지 않고 그 자리를 떠났다. 그날 이후로 두 번 다시 그녀를 보지 못했지만 그녀는 떠나면서 이런 말을 했었다.

"어쩔 수가 없어요."

그녀가 남긴 그 말은 지금도 가슴속에 남아 있다. 지금 생각하면 그녀에게 그 말은 살기 위한 필사의 언어였으리라. 그녀는 수많은 고민을 거듭한 뒤, 결국 어쩔 수가 없다는 말에 매달리는 길밖에 찾아내지 못했던 것이다.

내 경우 몰랐다고는 하지만 결국은 불륜의 상대가 되고 말았다. 그때와 정반대의 입장에 서게 된 것이다. 그의 집에 찾아가 난장판까지는 아니더라도 욕설 정도는 퍼부을 수도 있었다. 그도 아니면 그에게 매달려 이대로라도 좋으니 헤어지지는 말자고 떼를 쓸 수도 있었다. 하지만 나는 아무것도 하지 않았다. 아무것도 하지 않고 도망치기만 했다. 내게는 과연 존재할까, 살기 위한 필사의 언어가……. 나 역시 그녀와 마찬가지로, '어쩔 수가 없어요'라는 말에 의지할 수밖에 없는 것일까.

욕조 위로 올라온 어깨에 물을 끼얹으며 천장에 매달려 있는 무수한 물방울을 멍하니 쳐다보았다. '저 물방울 하나하나에 내 모습이 비치고 있어…….' 그런 생각을 하며 시선을 돌렸다.

"미즈에, 잠옷 새것으로 꺼내 놓았다."

엄마의 목소리가 들렸다. 어디서나 들을 수 있는 보통 엄마의 목소리다.

"고마워요, 엄마."

어디서나 들을 수 있는 보통 딸의 목소리다.

나는 숨을 멈추고 욕조 물에 얼굴을 담가 보았다. 뜨거운 물이 귓속으로 흘러 들어가자 '삐' 하고 이명이 울렸다. 30초만 참자. 나는 스스로에게 그렇게 명령하고 천천히 하나부터 숫자를 세어 나갔다.

방에 돌아오자 동생은 여전히 게임을 하고 있었다. 전투기가 적의 함대를 폭격하여 여기저기에서 불기둥이 치솟고 있었다. 나는 침대에 앉아 젖은 머리를 타월로 닦으며 그 모습을 물끄러미 바라보았다. 어젯밤과 똑같은 광경이었다.

"미안해. 나 때문에 창피하지?"

나는 단도직입적으로 말했다.

"나, 내일부터 일 시작하려고 해. 야스다 씨 공장에서 부품 만드는 일이야."

시오리는 대답은 하지 않고 적의 함대를 계속 공격하고 있었다. 나는 개의치 않고 계속 말을 했다.

"엔진하고 브레이크 배선 작업이야. 월급 받으면 어디 작은 방이라도 구할까 해. 그러니까 조금만 참아줘. 너한테는 미안하게 생각해."

시오리는 여전히 입을 다문 채 내 말에는 흥미없다는 듯 등을 돌리고 있었다.

"사실은 일 같은 거 하기 싫어."

나도 모르게 속마음을 얘기하고 말았다. 왜 그랬을까. 어떻게 이런 말을 동생한테 할 생각을 했을까. 아마도 동생이 과민 반응을 보이지 않으리란 걸 알고 있기 때문일 것이다.

"엄마한테는 비밀이야."

나는 이불 속에 들어가 천장을 보고 누웠다. 벽에 붙은 키아누 리브스의 포스터가 눈에 띄었다.

"멋있다, 키아누 리브스! 나도 좋아해."

격렬한 폭음이 들렸다. 전투기가 적 함대의 포격을 받자 게임이 끝나버린 것 같았다. 동생은 TV의 전원을 끄고 형광등 스위치를 내린 후 이불 속으로 들어갔다.

"잘 자."

동생의 침묵에 익숙해진 나는 그녀의 반응을 기대하지 않고 말했다.

멀리서 파도가 방파제에 부딪치는 소리가 들려 왔다. 눈을 감고 귀를 기울여 보니 섞여 있던 여러 가지 소리들이 하나하나 선명하게 들렸다. 파도가 밀려오는 소리, 밀려왔다가 밀려나가는 소리, 큰 파도, 작은 파도 등등. 20년 이상 들어 왔던 소리가 새삼스럽게 느껴지는 것은 내 안에서 작은 변화가 일어나고 있다는 증거일까. 파도 소리의 리듬에 이끌려서 마음이 조금씩 차분해져가는 것 같았다. 오늘 밤은 빨리 잠들 수 있을 것 같았다.

"사실은 있어……."

이불 속에서 갑자기 동생이 한마디 툭 던졌다.

"뭐가?"

"좋아하는 남자……."

졸음이 순식간에 달아나버린 나는 침대에서 몸을 일으켰다.

"정말? 그럼 사귀는 사람이 있단 말이야?"

"사귀는 건 아니야."

"고백은 했어?"

"안 했어."

"왜?"

"창피해서······."

나는 동생의 화난 듯한 말투가 재미있어서 더욱 심도 있는 질문을 했다.

"그 남자 멋있어?"

"아니. 이상하게 생겼어."

"이상하게 생기다니?"

"정말 이상하게 생겼어. 사람들이 낙타라고 놀려."

"낙타?"

"응, 낙타."

"음, 낙타라······."

나는 머리 속으로 상상해 보았다. 동생 옆에 서 있는 학생복 차림의 낙타를······. 아니 옆에 서 있는 것이 아니라 혹과 혹 사이에 동생을 태우고 흔들흔들 사막을 걸어가는 학생복 차림의 낙타를······. 나는 점점 우스운 생각이 들어 나도 모르게 푸하하, 웃음을 터트리고 말았다.

"미안해."

당황하여 서둘러 사과했지만 시오리는 이런 반응을 예상하고 있었던 것 같았다. 나는 터져 나오는 웃음을 멈출 수가 없었다. 나는 베개에 얼굴을 묻고 나오는 웃음을 간신히 꾹꾹 눌러 참았다.

그러자 조금 후에 이불 속에 있던 동생이 작게 흔들리기 시작했다. 그 흔들림은 서서히 커지더니 마침내 이불을 걷어 젖히고 깔깔대며 웃었다. 내 웃음이 전염되기라도 했나 보다. 동생의 웃음도 좀처럼 수습되지 않았다. 우리는 베개에 얼굴을 파묻은 채 마냥 깔깔거리며 웃었다.

4 "다녀오겠습니다!"

부엌에서 불안한 표정으로 바라보는 엄마에게 가볍게 인사하고 집을 나섰다. 오래간만에 새 구두를 신는 기분은 무척 좋았다. 새로운 것을 몸에 걸쳤을 때의 쾌감이란 나이와는 상관없이 느끼는 기분일 것이다.

포장 공사가 한창인 작은 도로를 몇 개 지나자 꽃밭이 보였다. 꽃은 지금 막 피기 시작했다. 다음달쯤 되면 이 유채꽃들이 온 땅을 뒤덮어 세상을 노랗게 물들일 것이다. 고향에 핀 이 꽃들을 바라보고 있으면 정서가 메마른 나도 확실히 계절 감각을 느끼게 된다. 아울러 생명의 부질없음도 깨닫게 된다.

구민회관을 돌아 다리를 건너자 완만한 언덕길이 곧게 뻗어 있

었다. 양쪽으로 죽 늘어선 집들 사이로 바다와 하늘이 조금씩 보였다. 바닷바람을 정면으로 받으며 올라가자 몸이 점점 공중으로 붕 뜨는 착각이 들기도 했다. 그런 착각을 즐기면서 조금 빨리 걸었다. 앞쪽에서 자전거를 타고 오는 우편배달부의 모습이 보였다. 우편배달부는 자전거를 세우고 우체통에서 우편물을 수거했다. 나는 처음에는 그 평범한 광경을 무심코 바라보았다. 그런데 바다를 배경으로 분명하게 떠오르는 남자의 얼굴을 보고 나는 깜짝 놀라 걸음을 멈추었다. 바로 그였다!

내 얼굴이 하얗게 질리고 있는 것이 느껴졌다. 그는 작업을 마치고 다시 자전거에 올라타더니 이쪽을 향해 천천히 페달을 밟았다. '빨리 도망가야지.' 그 순간 나는 그렇게 생각했다. 몸은 돌처럼 딱딱하게 굳어지고 다리는 땅에 착 달라붙어서 떨어질 생각을 하지 않았다. 얼굴을 숙이고 부들부들 떨리는 다리를 필사적으로 버티고 서 있었다. '따르릉따르릉', 자전거 벨 소리가 점점 가까이 다가왔다. 그 순간을 참을 수가 없어서 눈을 질끈 감았다. 자전거는 맹렬한 스피드로 내 옆을 지나가더니 등뒤에서 브레이크 밟는 소리를 냈다. 조심스럽게 눈을 뜨고 뒤를 돌아보았다.

"수고하십니다!"

우편물을 받으러 온 주부에게 편지를 건네는 우편배달부의 얼굴을 자세히 보니 그와는 조금도 닮지 않은 중년 남자였다. 나는 잠시 동안 멍하니 그 자리에 서 있었지만 다시 생각을 떨치고 잰걸음으로 걸었다. 방향을 바꾸려고 모퉁이를 돌자 다리에 물이 탁, 튀었다. 물웅덩이에 발을 잘못 내디딘 것이다. 포장 공사로 파 놓은 아스팔트에 생긴 커다란 물웅덩이 속에서 새 구두가 흙탕물로 서서히 물들어 갔다. 파문과 함께 흔들리는 나의 모습이 물 위에 비쳤다. 나는 내 얼굴을 밟듯이 다시 한 번 힘차게 밟았다. 반대쪽 다리가 흙탕물에 빠져 구두 속까지 물이 스며들었다.

"가야 해!"

스스로에게 그렇게 말하며 물웅덩이 속을 걸었다. 흙탕물이 발여기저기에 튀고 젖은 구두가 질퍽거리며 소리를 냈다. 고인 눈물이 흘러 떨어지지 않게 푹 숙인 얼굴을 들어 앞을 바라보았다. 물웅덩이는 마치 영원히 계속되기라도 하듯 마냥 이어졌다.

3장

"나는 그렇게 자상한 사람이 아니야
그저 네가 조금 마음에 들었을 뿐이야.
그것뿐이라고."

드디어 긴 터널을 빠져 나왔다. 길이가 얼마나 될까? 아마도 지금까지 내가 지나 본 터널 중에서 가장 길 것이다. 기네스북감이다.

트럭은 엄청난 속력을 내며 수많은 차들을 추월하며 달렸다. 옆에서 운전하고 있는 남자를 설명하자면, 몸집이 크고 선글라스를 끼고 있으며, 양복에 부츠를 신고 있었다. 이름은 '샐리'라고 한다. 외국 이름 같지만 외국 사람은 아니다. 손은 야구 글러브처럼 무척 크고, 나를 트럭에 태운 후로 계속 맥주를 마시며 운전하고 있다. 출근하는 길인 것 같은데 무슨 일을 하는지는 모르겠다. 트럭의 짐칸을 시트로 덮어 놓아 그 안에 무엇이 들어 있는지 볼 수 없었다. 차 안에는 맥주병이 이리저리 뒹굴고 있어 차가 흔들릴 때마다 병이 부딪치는 소리가 났다. 아까부터 라디오 볼륨을 크게 틀어 놓아서 소리치듯 큰소리로 이야기를 해야 했다.

"자네는 무슨 일을 하나?"

샐리가 차를 또 한 대 추월하며 말했다.

"세탁소에서 세탁물을 훔쳐 가지 못하도록 지키는 일을 해요."

"직업말이야."

"그게 내 직업이에요."

"그런 직업도 있나?"

"네."

"너 지금 거짓말하고 있지?"

샐리는 다그치듯 말했다. 사실 화를 내고 있지는 않았지만 조금 화가 났을 수도 있다.

"거짓말이 아니에요. 할머니 세탁소에서 일한다구요."

"참 따분한 직업이군그래."

"하지만 이젠 안 해요."

샐리가 나를 쳐다보았다. 그가 나를 쳐다본 것은 이 트럭을 탄 이후로 처음이었다.

"할머니는 사기를 당했다고 했어요. 기운이 쭉 빠져서 끙끙 앓고 계세요."

"그래서 세탁소가 통째로 날아갔단 말이야?"

"네."

"몽땅 다?"

"네."

할머니의 세탁소가 누군가에게 넘어갔기 때문에 나는 더 이상 세탁소에서 일을 할 수가 없었다. 어쩌다 그렇게 되었는지 자세한 내막은 모르겠지만 전부터 세탁소 자리에 언젠가는 맨션이 들어 설 것이라는 말을 들은 적이 있다.

"딱 하나 남은 게 있어요."

트럭이 산그늘 속으로 접어들자 나와 샐리의 얼굴이 어두워졌다.

"손님이 두고 간 물건인데, 우리 것이 아니라서……."

어깨에 메고 있던 가방을 들어 그에게 보여 주었다. 샐리는 그때서야 비로소 앞을 바라보았다. 그가 나를 너무 오랫동안 쳐다보는 바람에 차가 부딪히면 어쩌나 하고 내심 조마조마했다.

"그건 그렇지."

"지금 이걸 갖다 주러 가는 길이에요."

"그 분실물을 말이야?"

"네."

"흠……."

눈앞이 갑자기 밝아졌다. 조금 전까지 계속 이어지던 산이 사라지고 푸른 경치가 펼쳐졌다.

"바다죠?"

그것이 바다란 걸 알고 있었지만 그냥 그렇게 물어 보았다. TV나 사진에서 보긴 했지만, 실제로 바다를 본 것은 처음이었다.

"그럼 바다지. 근데 왜?"

"창문 열어도 돼요?"

"그러렴."

나는 손잡이를 빙글빙글 돌려서 차창을 열었다. 하얀 배가 마치 꼬리를 단 것처럼 하얀 물보라를 일으키며 지나가고 있었다. 세찬 바람이 휘몰아치자 당황한 나는 모자를 손으로 눌렀다. 바람을 거

스르며 얼굴을 억지로 차창 밖으로 내밀자 뺨의 살이 덜덜덜 떨렸다. 바람은 조금 눅진하고 짠내가 났다.

우리는 고픈 배를 채우려고 드라이브인 식당에 들어갔다. 바다가 잘 보이는 맨 구석 자리에 앉았다. 나는 스파게티를 시켰고 샐리는 배가 고프다고 해놓고는 맥주만 주문했다.

"그 여자, 어떤 여자야?"

샐리가 그렇게 물었을 때 나는 가방에서 수첩을 꺼내 읽었다.

"이름은 미즈에."

"그런 거 말구. 그 여자가 너한테 어떤 사람이냐고?"

"손님이죠."

"손님이란 건 알아. 하지만 단순히 그것만은 아닐 것 아니냐고?"

나는 그의 말뜻을 알아들을 수가 없었다.

"그 여자한테 반했냐는 뜻이야."

나는 여전히 그의 말을 이해하지 못했다.

"무슨 말인지 모르겠어?"

"네."

"자, 생각을 한번 해봐. 옷가지 하나 두고 간 걸 가지고 일부러 갖다 주러 가는 사람이 어디 있어?"

샐리는 나를 혼내듯이 말했다. 그의 입김이 훅, 하고 내 얼굴을 덮치자 쉰내가 풍겨 왔다.

"게다가 히치하이크까지 해서 이렇게 먼 곳까지 갖다 주러 간단 말이야?"

그는 더욱 다그치듯 말했다. 그의 얼굴이 점점 더 가까이 다가오자 코를 틀어막고 싶을 만큼 고약한 냄새가 풍겼다.

"아무 상관 없는 사람이라도 그러겠어? 그럴 리가 없잖아, 절대로."

그의 냄새에 혼이 다 빠져서 그가 무슨 말을 하는지 알 수가 없었다.

"그렇지?"

"네."

그가 얼굴을 다시 앞쪽으로 돌렸을 때야 겨우 한숨을 돌리며 대답했다.

'히치하이크' 라는 단어는 처음 듣는 말이다. 아마 이 차를 얻어 탄 것을 두고 하는 말인 것 같았다.

지금부터 두 시간 전의 일이다. 네거리에 길을 잃고 서 있는데 트럭 한 대가 초스피드로 나를 향해 돌진해 왔다. 길을 물어 보려고 가까이 다가가자 트럭은 나를 보지 못했는지 멈추지를 않았다. 나를 치기 일보 직전에 트럭은 급정거하면서 아슬아슬하게 나를 피해 회전목마처럼 빙글빙글 돌더니 풀숲에 퍽, 하고 처박혔다. 그 트럭에서 무지막지하게 화를 내며 내린 것이 바로 샐리였다.

샐리는 빈 맥주잔을 손에 들고 점원에게 주문을 했다. 그리고 나를 쳐다보며 말했다.

"사랑이야."

"그런 걸 사랑이라고 하는 거야."

어쩐 일인지 화난 말투가 아니라 조용한 말투로 변해 있었다. 게다가 그 말을 하면서 몇 번이고 고개를 끄덕거렸다.

"우주에서는 뭐라고 하는지 모르겠지만, 지구에서는 그걸 '사랑'이라고 하지. 기억해 둬."

"네."

나는 서둘러 테이블 위에 놓아 둔 수첩을 펼쳐서 그가 한 말을 적었다.

"지금 뭐하는 거야?"

샐리가 나를 보며 물었다.

"잊어먹지 않으려고……."

"그렇다고 뭐, 따로 기록해 둘 것까진 없는데……."

그 말에 나는 쓰던 손을 멈추었다. 그랬더니 또 무슨 생각인지 벌컥 화를 냈다.

"그렇다고 쓰다 말 건 없잖아."

나는 하는 수 없이 다시 펜을 들어 수첩에 썼다. 점원이 맥주를 가지고 왔다. 샐리는 그 잔을 낚아채듯 들고는 벌컥벌컥 목 안으로 쏟아 붓더니 지갑에서 작은 종이 조각 하나를 꺼냈다.

"보고 싶어? 보여줄게."

샐리는 내가 보고 싶다고 말하지 않았는데도 그 종이 조각을 내게 내밀었다.

"나, 이래봬도 한때는 샐러리맨이었어. 그렇게 안 보이지?"

"네, 그렇게 안 보여요."

"그런데 말이지……. 거기에 이 녀석이 끼여들었어."

그 종이 조각은 작은 여자의 흑백 사진이었다. 긴 머리에 코와 입 사이에 커다란 점이 있는 여자였다.

"처음에는 특별한 감정이 없었어. 그냥 단순한 여사무원이었지. 그런데 어느 날 이 여자의 환영식 같은 걸 하게 되었거든. 자그마한 술집이었어. 처음에는 모두 장황하게 이 얘기 저 얘기 해 가면서 마시고 있었지. 근데 한 놈이 술이 취해서 그 여자한테 뭔가 개인기를 보여 달라고 한 거야. 여자는 당연히 안 한다고 했지. 창피하다고. 그야 당연하지 않겠어? 서른다섯 살이나 된 여자가 남자들만 있는 앞에서 개인기 따위 하고 싶겠어? 근데 모두가 우ㆍ, 소리를 내며 부추기자 여자가 주춤주춤 일어서더니, 뭘 했을 것 같아?"

나는 머리를 옆으로 흔들었다.

"까마귀 울음 소리를 내더라고."

"까마귀?"

"그래 까마귀. 입만 벌려서 '까악까악' 소리를 낸 게 아니고, 이렇게 입을 이상하게 벌려서 '꾸왁꾸왁' 하고 소리를 흉내 낸 거야. 몇 번이나 '꾸왁꾸왁' 하고 말이야."

샐리가 까마귀 울음 소리를 흉내내며 말했다. 나도 따라해 보았지만 어려워서 도중에 포기했다.

"일주일 뒤에 그녀가 사라졌어. 무슨 일이 있었는지 난 잘 몰랐지. 그냥 안 좋은 일이 있었나 보다 했지. 그런데 어느 날 사무실에서 한 녀석이 그녀의 이력서를 찢으면서 이러는 거야. '이런 거다 필요 없어. 어차피 다 거짓말이야.' 나는 몰래 그걸 주워 사진만 떼어 내서 가지고 왔지."

샐리는 문득 창밖을 바라보았다. 선글라스를 끼고 있어서 그의 눈은 보이지 않았지만 바다 저 먼 곳을 바라보는 듯했다.

"나는 생각했어. 이력서는 거짓일지 몰라도 사진은 진실이라고."

샐리는 여전히 바다 저 먼 곳을 바라보고 있었다. 나도 그처럼 바다를 바라보았다.

"맥주!"

샐리의 말에 나는 다시 앞을 보았다.

"맥주가 없어요!"

샐리 앞에 놓인 맥주잔이 비어 있는 것을 보고 나는 아까 그가 했던 대로 흉내를 내며 점원에게 말했다. 점원은 빈 잔을 확인하고 주방으로 들어갔다. 나는 다시 한 번 사진을 본 뒤 테이블 위에 정중하게 올려놓았다.

"다 옛날 얘기지."

샐리는 피식 웃으며 사진을 집으려고 손을 뻗었다. 바로 그 순간에 점원이 왔다. 점원은 미처 사진을 발견하지 못한 듯 사진 위에 기세 좋게 맥주잔을 꽝, 하고 내려놓았다.

"오래 기다리셨죠?"

점원은 귀찮은 듯 사무적으로 말하며 빈 잔을 들고 주방으로 돌아갔다. 고개를 앞으로 돌리니 샐리가 손을 뻗은 채로 굳어 있었다. 그는 마치 냉동식품처럼 딱딱하게 굳어 있었고 얼굴은 문어처럼 빨갛게 변해 있었다. 나는 침을 꿀꺽 삼켰다. 멀리서 파도가 부딪치는 소리가 들렸다.

"저걸 그냥!"

샐리는 갑자기 일어서더니 쫓아가서 점원을 덮쳤다. 테이블이 뒤집어지고 컵이 깨지는 소리가 들렸다. 나는 어찌해야 할지를 몰라 그 자리에 멍하니 서 있었다.

2 "미안하게 됐어."

샐리가 운전석에서 맥주를 한 모금 들이켜며 말했다. 나는 코를 틀어막고 있던 티슈 뭉치를 빼내며 고개를 끄덕였다. 티슈에는 아직 새빨간 피가 실처럼 길게 묻어 나왔다. 지금부터 30분 전쯤의 일이다. 점원은 보기보다 강해서 샐리는 고전을 면치 못했다. 서로 맞붙었다가 떨어지기를 되풀이하다가 가게 안을 데굴데굴 뒹굴면서 내가 서 있는 곳까지 왔다. 이상하게도 내가 도망가는 쪽으로만 자꾸 굴러 와서 결국 두 사람은 나를 덮치고 말았다. 세 사람이 마구 엉켜 뒹구는 가운데 샐리는 나를 붙들더니 내 얼굴을 몇 차례나 때리는 것이었다. 그때 그는 누가 누군지 모를 지경이 되어 있었다.

"이제 다 왔어."

샐리의 말에 나는 또 한 번 고개를 끄덕였다. 트럭이 한층 더 속력을 내는 바람에 빈 병이 부딪치는 소리가 쨍그렁, 하고 났다.

해안선을 계속 따라오다가 갈림길에서 시내로 들어갔다. 내가 사는 동네와 똑같은 패밀리 레스토랑과 고깃집 간판이 보이자 신기한 기분이 들었다. 샐리는 수첩에 적힌 주소를 보면서 길 옆에 트럭을 세웠다.

"여기서부터는 걸어갈 수 있을 거야."

"고맙습니다."

차 문을 열자 기분 좋은 향기가 바람과 함께 콧속으로 들어왔다.

"어이!"

나는 뒤를 돌아보았다.

"이거 가져가."

샐리는 의자 밑에서 여섯 개들이 병맥주 한 세트를 들어올리더니 내게 쑥 내밀었다.

"필요 없어요."

"괜찮아. 내 마음이라고 생각하고 받아 둬."

샐리가 좀처럼 물러설 것 같지 않아서 나는 하는 수 없이 받았다. 여섯 개들이 병맥주는 꽤 무거워서 샐리도 양손으로 떠받쳐서 차 밖으로 내려주었다.

"어이!"

샐리가 또다시 나를 불러 세웠다.

"갈 곳이 없으면 이리로 와."

이번에는 양복 주머니에서 종이 조각을 꺼내더니 내게 내밀었다. 까만 종이에 하얀 글씨로 이름과 주소가 인쇄되어 있었다. 나는 그것을 받아 들고 걷기 시작했다.

"어이!"

샐리가 또 나를 불렀다.

"착각하지 마."

샐리는 이번에는 나를 처다보지 않고 먼 산을 바라보며 낮은 목소리로 천천히 말했다.

"난 그렇게 자상한 사람이 아니야. 그저 네가 조금 마음에 들었을 뿐이야. 그뿐이라구."

"네."

"난 원래 자상한 사람이 아니야. 오해하지 말라구."

"네."

"또 보자."

샐리는 트럭을 출발시켰다. 트럭은 눈 깜짝할 사이에 작아져서 산 저편으로 사라져버렸다. 나는 그 모습을 잠시 바라보다가 다시 걸어갔다. 솔직히 말해서 샐리가 한 말의 의미를 나는 이해할 수 없었다.

수첩에 적힌 주소를 보며 사람들에게 물어물어 찾아간 곳은 미장원이 있는 건물이었다. 유리창을 통해 안쪽을 살펴보니 예쁘장한 아주머니가 손님의 머리를 만지고 있는 것이 보였다. 나는 곧장 미장원 안으로 들어가지 않고 밖에서 잠시 생각을 했다. 무슨 얘기를 어떻게 해야 할지 머리 속으로 정리해 놓지 않으면 꼭 실수를 하기 때문이다. 누구를 만나기 위해, 어디에서, 무엇 때문에 여기까지 왔는지를 말이다. 생각하면 할수록 머리 속이 어지러웠다. 하는 수 없이 다시 처음부터 정리해 보았다.

"무슨 일로 오셨나요?"

그때 갑자기 뒤에서 여자의 목소리가 들렸다. 나도 모르는 사이에 누군가 다가와 있었던 것이다. 너무 갑작스런 질문이라 나는 무슨 말을 해야 할지 몰랐다. 아직 정리 중이었기 때문이다.

"미즈에 씨를 찾아왔는데요……."

"언니는 여기 없어요."

언니라고 말하는 것을 보니 이 여자는 그녀의 여동생인 듯했다. 교복을 입고 가방을 들고 있는 것을 보니 학교에서 돌아오는 길인 것 같았다. 그녀의 여동생은 내 옆을 지나쳐 미장원 안으로 들어가려 했다.

"그런데……."

나는 서둘러 말했다. 이대로 돌아갈 수는 없었다.

"댁은 누구세요?"

"누구냐구요?"

나는 잠시 생각한 다음 내 이름을 말하려고 했다.

"언니랑 어떤 관계예요?"

"관계요?"

나는 이름을 말하려다 그만두었다. 동생은 다른 것을 묻고 있었다.

"뭣 땜에 왔어요?"

"물건을 두고 가서 그걸 전해 주러 왔어요."

나는 어깨에 메고 있던 가방을 들어 보여 주었다.

"무슨 말인지 모르겠네."

나는 당황했다. 당황해서 머리 속으로 처음부터 다시 순서대로 정리하려 했다. 하지만 웬일인지 다른 말이 튀어나와버렸다.

"전해 줄 물건이 있어서, 그래서……."

"그래서 언니를 찾는 거예요?"

"네."

동생은 내가 여기 온 이유를 이해한 것 같았다. 나는 조금 안심이 되었다.

"어디 갔나요?"

"또 집을 나가버렸어요."

그 말을 듣고 나는 실망했다. 너무 실망한 나머지 앞으로 어찌해야 할지 잠시 생각하고 있는데, 동생이 말했다.

"하지만 언니가 있는 곳을 알고 있어요."

"그래요?"

"가르쳐줄 수도 있는데, 그 대신 뭐 하나만 전해 줄래요?"

동생은 그렇게 말하더니 내 옆을 지나쳐서 종종걸음으로 걸어갔다.

몇 개의 좁은 길을 지나자 꽃밭이 나타났다. 꽃 이름은 모르겠지만 예쁘고 노란 꽃이 꽃밭 가득 피어 있었다. 아마 사진 아줌마가 이 풍경을 보았더라면 사진을 몇 백 장쯤 찍어서 앨범에 꽂아놓을 것이다. 미즈에의 동생은 내가 뒤따라가고 있다는 사실 따위는 잊어버린 듯이 혼자 열심히 걸어갔다. 나는 꽃밭을 쳐다보면서도 그녀를 놓치지 않으려고 열심히 뒤를 쫓아갔다.

"이 길로 똑바로 가면 버스 정류장이 있어요."

그녀가 갑자기 멈춰 서더니 말했다. 앞쪽으로 큰길이 보이고 차들이 속력을 내며 지나갔다.

"저기서 오는 버스를 타고 계속 가면 돼요. 중간에서 내리면 안돼요. 계속 타고 있다가 도착하면 누군가에게 물어 보세요."

그녀의 말을 이해하진 못했지만 여하튼 버스를 타고 가다 중간에 내리지는 말라는 말은 알아들었다. 그녀는 문득 내 머리를 쳐다보았다.

"이상하게 생긴 모자네."

잠시 후에 그녀가 말했다.

"할머니가 만들어 주셨어요. 모자를 쓰지 않으면 경기……."

"언니를 만나면 전해 주세요."

내가 모자 이야기를 하고 있는데 그녀는 불쑥 내 말을 가로챘다.

"낙타에게 고백을 했다고."

"낙타에게 고백을?"

"그렇게만 말하면 돼요. 그럼⋯⋯."

그리고 나서 그녀는 점점 더 빠른 걸음으로 돌아가버렸다. 나는 혼자 남겨진 채 낙타의 의미에 대해 생각했다. 아무리 생각해 봐도 도무지 무슨 말인지 알 수가 없어 수첩에 '낙타'라고 썼다.

버스는 금방 왔다. 창밖으로 고개를 돌리자 바다가 보였다. 저녁놀에 물들어 금빛을 띤 바다는 낮에 보았던 바다와는 전혀 다른 느낌이었다. 마치 드레스를 입고 파티에 가는 사람처럼 아름다웠다. 반대쪽을 보니 통로 저편 좌석에서 여행객처럼 보이는 사람이 물을 마시고 있었다. 그 모습을 보니 나도 갑자기 갈증이 나서 참을 수가 없었다. 문득 무릎 위에 놓인 여섯 개들이 병맥주 세트가 눈에 들어왔다. 나는 참을 수 없어서 한 병을 꺼내 뚜껑을 딴 후 벌컥벌컥 들이켰다. 맥주는 약처럼 쓴 맛이 났다.

4장

"이런 걸 지구에서는 사랑이라고 말하지.
우주에서는 뭐라고 부르는지
모르겠지만 ……."

나는 다시 고향을 떠나 이 도시에 정착했다. 이 지방 최고의 관광지에 있는 버스 회사에서 일하게 되었다. 마침 경리 자리가 비어 있어서 운 좋게 취직할 수 있었다. 내 주된 업무 중 하나는 아침 일찍 운전기사들을 내보내고, 하루 일을 끝내고 업무 보고를 하러 돌아오는 그들을 맞이하는 일이다. 관광지라고는 하지만 도시만큼 전차가 많지 않은 이 지역에서 버스는 노인들이나 학생들에게 중요한 교통 수단이었다. 그만큼 직장 분위기도 나름대로 활기찬 편이었다. 30년 동안 변함없이 한 가지 유니폼만을 고집한다는 것 외에는 그다지 불만스러운 점은 없다.

시계 바늘이 밤 11시를 가리키고 있었다. 막차가 차고로 돌아올 시간이었다. 하루 일을 끝낸 기사들이 교대로 얼굴을 내밀고는 각자의 집으로 돌아갔다.

"내 참 기가 막혀서……."

야마가타라는 기사가 요금통을 들고 들어왔다.

"무슨 일이에요?"

쿄코라는 여직원이 업무일지를 건네며 물었다.

"어떤 녀석이 인사불성으로 취했어."

"난동을 부렸어요?"

"자고 있어."

"아직도 있어요?"

"죽은 듯이 자고 있어. 버스가 제 집인 줄 아는지, 원……."

두 사람은 얼굴을 찡그리며 웃었다.

"쿄코 씨, 나중에 그 녀석 좀 깨워 줘."

"싫어요. 술취한 사람 상대하는 거 죽기보다 싫어요."

"부탁해!"

"정말 싫어요. 다른 사람한테 부탁하세요."

"제가 깨울게요."

나는 계산기를 두드리던 손을 멈추고 뒤를 돌아보며 말했다.

"그래 줄래? 미안해."

두 사람은 나를 보더니 다시 한 번 인상을 쓰며 웃었다.

낮에는 텅 빈 공터처럼 보이는 배차장도 밤이 되면 버스가 30대 가량 가득 찬다. 질서 정연하게 늘어서 있는 그 광경은 코끼리나 기린이 잠든 모습처럼 우아한 느낌마저 들어서 보고 있으면 기분이 좋아진다. 나는 유니폼 위에 가디건을 걸치고 찬바람을 가르며 우아하게 잠들어 있는 버스들을 바라보며 불이 켜진 버스로 걸어갔다. 열린 문을 통해 계단을 밟고 올라가자 뒤쪽 좌석에 다리 하나가 삐죽 삐쳐 나와 있었다.

"손님!"

말을 걸며 안쪽으로 걸어가자 통로에 맥주병이 여러 개 뒹굴고 있었다. 여기저기 널려 있는 맥주병을 주워 모아 보니 무려 여섯 병이나 되었다. 나는 취객의 몰상식함에 아연실색하고 말았다. 그러나 한편으로 도대체 어떤 위인일까, 하는 호기심이 일었다.

"손님, 일어나세요!"

손잡이에 걸쳐진 다리를 흔들자 취객은 작은 신음 소리를 냈다.

"손님!"

이번에는 더 세게 흔들어 보았다. 흔드는 방향으로 몸이 뒤집히며 아래로 향해 있던 얼굴이 위로 올라왔다. 나는 순간 깜짝 놀라 손을 멈추고 그대로 굳어버렸다. 겨우 눈을 뜬 그 위인은 다름 아닌 세탁소 남자였다.

"어! 여기서 뭐하고 있어요?"

그가 상반신을 일으켜서 잠이 덜 깬 듯 눈을 비비며 말했다.

"그건 내가 묻고 싶은 말이에요?"

나는 놀랍기도 하는 한편 어이가 없어서 그렇게 말했다.

"왜 이런 곳에 있냐구요?"

"두고 간 물건을 찾아주려고 아파트에 가서 주소를 물어서, 그래서……."

"두고 간 물건이라구요?"

나는 무슨 말인지 몰라 그의 말이 채 끝나기도 전에 되물었다.

"옷말이에요. 건조기 안에 두고 간……."

그는 어깨에 메고 있던 가방을 내리더니 옅은 남색 원피스를 꺼냈다. 그것은 틀림없이 내가 그날 입었던 옷이다.

"하지만 사과할 게 있어요."

그는 흘러내린 털실 모자를 단정하게 고쳐 쓰며 면목이 없다는 듯 중얼거렸다.

"그날부터 제가 매일 빨았더니 너덜너덜해져버렸어요."

나는 원피스를 받아 들고 몸에 대고 펼쳐 보았다. 가슴 언저리에 놓여져 있던 별 모양의 자수는 실이 풀려 그냥 일자 선으로 변해 있었다. 그리고 배와 소매 부분에 좀처럼 지워지지 않을 것 같던 핏자국이 흔적도 없이 사라지고 없었다.

"죄송해요."

그는 미안한 듯 곁눈질로 나를 바라보았다.

그때 내 안에서 어떤 작은 소리 하나가 들렸다. 그것은 피아노의 고음처럼 가볍고 짧은 소리였다. 그 허름한 세탁소에서 도대체 그는 무슨 생각으로 이런 곳까지 그 대수롭지 않은 물건을 전해 주러 온 것일까? 나에게는 상상조차 할 수 없는 일이었다.

"우스워요?"

나는 너무 웃어서 가슴이 메이고 눈물이 나올 뻔했다. 원피스를 들고 얼굴을 감싸자 세제 냄새가 났다.

"고마워요."

나는 되도록 부드러운 말투로 그에게 말했다.

2   늦은 밤이었기에
하는 수 없이 그날은 내 아파트에서 그를 재우기로 했다. 아파트
는 회사에서 걸어서 갈 수 있는 거리에 있었다. 번화가에서 멀리
떨어진, 바다를 낀 인적 드문 곳이었다. 그는 방에 들어서자마자
창문을 열더니 아무것도 보이지 않는 캄캄한 밤 경치를 잠자코 바
라보았다. 윗옷을 벗어 옷걸이에 걸며 그의 뒷모습을 바라보자 그
의 이름이 '테루' 였다는 사실이 떠올랐다.

"아무것도 안 보이죠?"

"네."

"이 주변에는 아무것도 없어서 그래요."

테루가 창문을 닫고 나를 향해 돌아섰다.

"이상한 사람이야. 이런 곳까지 일부러 찾아오다니……."

나는 테이블을 사이에 두고 그의 앞에 앉았다.

"하지만 기뻐요. 이렇게 기쁜 적이 있었나 몰라."

"네."

"어떻게 말로 잘 표현이 안 되지만……."

"사랑이래요."

그는 내 눈을 똑바로 쳐다보면서 당돌하게 말했다.

"이런 걸 지구에서는 사랑이라고 말하지. 우주에서는 뭐라고 부르는지 모르겠지만……."

그는 내 눈을 바라보며 입가에 작은 미소를 띠었다. 묘한 침묵이 찾아왔다. 우리는 누가 먼저랄 것도 없이 서로의 눈을 마주본 채 미동도 하지 않았다. 째깍째깍 시계 바늘 움직이는 소리만 들렸다.

"저……."

침묵을 깨고 그가 말했다.

"텔레비전 틀어도 돼요?"

나는 순간 망설였지만, 곧바로 "돼요" 하고 말했다.

"정말 이상해."

무심코 튀어나온 이 한마디에 그는 "네" 하고 대답한 후 TV 전원을 켰다.

새벽 1시가 지났다. 테루는 TV를 보다가 입을 헤 벌린 채 잠이 들었다. 나는 꽤 오랜 시간을 깨어 있었는데 그렇게 열심히 TV를 보는 사람은 생전 처음 보았다. 탤런트나 아나운서가 무슨 말을 할 때마다, "와!", 또는 "흠……" 하며 별것 아닌 걸 가지고 쉽게 감동하며 일일이 반응을 보였다. 그의 반응이 세제 선전에서 시작되어 국회 예산 심의회에까지 이르자, 나는 도대체 무슨 말인지나 알고 저러는 걸까 새삼 의구심이 들었다.

나는 컵에 물을 따르고 핸드백에서 약봉지를 꺼냈다. 최근 며칠간 계속 불면증에 시달리고 있다. 수면제를 상용하는 것이 몸에 좋지 않다는 건 알고 있었지만 잠을 자지 못하면 다음날 근무에 지장이 있기 때문에 할 수 없었다. 나는 늘 하던 대로 약을 입에 털어 넣고 물을 한 모금 머금고 한입에 꿀꺽 삼켜버렸다. 컵을 내려놓는 소리에 잠이 깼는지 테루가 천천히 몸을 일으켰다.

"미안해요. 내가 깨웠나 봐."

"어디 아파요?"

그가 걱정스러운 표정으로 물었다.

"잠이 안 오는 것뿐이에요."

나는 머리를 가로 저으며 대답했다. 그는 안심했다는 듯 미소를 짓더니 이불을 덮고 다시 천장을 바라보며 누웠다. 나는 그의 모습을 바라보면서 왜 그랬는지 몰라도 갑자기 아이들이 자주 하는 말이 떠올랐다.

"저기요."

"네?"

"아무거나 좋으니까 이야기 좀 해줘요."

침묵이 어색했던 것은 아닌데 나도 모르게 그런 말이 튀어나왔다. 참으로 이상한 일이지만 그와 함께 있으니 별 의미 없는 행동도 아무렇지 않게 하게 된다.

"어떤 이야기요?"

"아무거나. 자기 이야기를 해도 좋고 옛날 이야기도 좋고……."

"어린애 같아요."

그가 짓궂은 표정을 지으며 히죽 웃었다.

"아무튼 어서 해봐요."

나도 웃으며 말했다.

그는 잠시 생각해 보더니, 문득 생각난 듯이 말했다.

"옛날에 할머니한테 들은 얘긴데, 해도 돼요?"

"그래요."

"하도 많이 들어서 이제는 외워버렸어요."

"어떤 이야기?"

"휘파람을 잘 부는 청년 이야기예요."

낡은 기억을 더듬듯 그는 단어 하나하나를 생각해 내며 천천히 이야기를 시작했다.

"그러니까……, 옛날옛날 어떤 곳에 가난한 청년이 살고 있었어요. 그 청년은 휘파람을 아주 잘 불었는데, 기쁜 일이 있으면 휘익, 하고 휘파람을 부는 거예요. 어느 날 청년은 바다에 나갔어요. 바다에 갔더니 멀리서 배가 보였어요. 그때 청년은 '저 배를 타고 세계를 누비며 여행을 다닐 수 있으면 얼마나 좋을까' 하고 생각했어요. 그런 생각을 하자 너무 기쁜 나머지 또 '휘휘 -' 하고 휘파람을 불었어요. 그때 한 선원이 그의 옆을 지나가고 있었어요. 청년은 얼른 그에게 다가가서, '저 배를 타게 해주세요' 하고 말했어요. 그랬더니 그 선원이 하는 말이, '그걸 내게 주면 배를 태워 주지' 하고 말했대요. 그때 청년은 은으로 만든 컵을 손에 들고 있었거든요. 청년은 고민에 빠졌어요. 그 은컵은 어머니의 소중한 유품이었거든요. 하지만 그는 결국 은컵을 선원에게 주고 말았어요. 그 순간에는 무엇보다 배를 타고 싶었거든요. 그래서 청년은 배를 탈 수 있었어요. 그런데 갑자기 강한 바람이 불더니 폭풍이 휘몰아쳐서 심하게 흔들리던 배는 결국 바닷속에 가라앉고 말았어요."

그는 이야기를 멈췄다. 나는 다음 이야기를 기대하면서 말없이 기다렸다. 그런데 아무리 기다려도 이야기가 이어질 기미가 보이지 않았다. 그 역시 나처럼 침묵을 지킨 채 가만히 있었다. 나는 더 이상 참을 수가 없어서 말했다.

"그래서요?"

그는 깜짝 놀란 얼굴로 허공을 쳐다보았다.

"그 다음에 어떻게 되었어요?"

"어떻게 됐더라?"

그는 마치 내가 내용을 알고 있기라도 한 듯 되물었다.

"뭐야, 그게……. 결국 슬픈 얘기? 아니면 해피 앤드?"

"어느 쪽일까?"

그는 두 손으로 머리를 거머쥐며 고민했지만 이야기는 좀처럼 계속되지 않았다.

"졸려요?"

그가 내게 물었다.

"뒷이야기가 궁금해서 잠이 올 것 같지도 않아요."

내가 어이없다는 듯 대답했다.

"그 다음 얘기는 내일 할머니한테 물어 보고 얘기해 줄게요."

그는 미안하다는 듯 나를 바라보았다. 나는 일단 화가 난 척했지만 우스운 생각이 들어 나도 모르게 풋, 하고 웃음이 터져 나왔다. 그는 고개를 숙인 채 필사적으로 다음 이야기를 생각해 내려고 했다. 어느새 우리는 하나밖에 없는 이불 속에서 어깨를 나란히 한 채 깊은 잠에 빠져 들었다.

3

출근 준비를 하면서 나는 테루로부터 세탁소가 남의 손에 넘어갔다는 얘기를 들었다. 그는 토스트를 입 안 가득 베어 문 채 열심히 고개를 끄덕였다.

"이제 어떻게 할 거예요?"

"모르겠어요."

"원한다면 여기 있어도 상관없는데⋯⋯."

"네. 하지만 그렇게 오래 있을 수는 없어요. 할머니가 외로워하시니까."

그의 할머니는 세탁소가 남의 손에 넘어간 이후로 무척 우울하게 지내시는 것 같았다. 아무하고도 말을 안 하는 것은 물론 온종일 방 안에서 TV의 통신판매 채널만 보고 있다고 했다.

"할머니는 어떤 사람이에요?"

"키가 작고 얼굴에 주름이 자글자글하고⋯⋯, 틀니를 꼈어요."

그의 말에 나도 모르게 웃음이 나왔다.

"내가 무슨 잘못을 하면 나한테 그 틀니를 꺼내 보여 줘요. 그러면 나는 언제나 울면서 잘못했다고 빌거든요. 왜냐하면⋯⋯, 징그럽잖아요."

할머니한테 혼나고 있는 그의 모습을 상상하자 또다시 웃음이 터져나왔다. 웃으면서 그를 바라보니 그는 웬일인지 토스트를 손에 든 채 움직이지 않았다.

"왜 그래요?"

그가 무슨 생각에 깊이 빠져 있는 듯했다.

"무슨 생각 해요?"

"뭔가 할말이 있었는데……."

"뭔데요?"

"잊어버렸어요."

그렇게 말하며 그는 다시 한 번 토스트를 입으로 가져가더니 식사를 시작했다.

"생각나면 말해 줘요."

나는 그 말을 남기고 집을 나섰다.

점심 시간이 되자 업무를 대충 마무리해 놓고 점심을 사러 밖으로 나왔다. 회사에서 5분 거리에 슈퍼마켓이 있다. 그곳에는 식료품에서 의류에 이르기까지 거의 모든 생활용품이 구비되어 있는데다 가격도 싼 편이어서 자주 이용하고 있다.

나는 샌드위치와 요구르트를 장바구니에 넣고 슈퍼 안을 이리저리 어슬렁거리며 다녔다. 딱히 살 물건이 있는 것은 아니었지만 필요한 물건을 산 후에 일단 한 바퀴를 휘 둘러보고 나오는 것이 습관처럼 되어버렸기 때문이다. 진열대를 사이에 둔 저편 통로에서 점원들의 웃음 소리가 들렸다. 싼 물건을 파는 슈퍼여서일까,

점원들조차 성의가 없어서 손님이 있는데도 개의치 않고 열심히 수다를 떨어댔다.

옷 매장을 지나치다 보니 '남성 셔츠 세일' 이라고 내걸린 광고가 눈에 들어왔다. 테루의 행동으로 미루어 짐작컨대 갈아입을 옷을 준비해 왔을 리 만무했다. 나는 옷걸이에 걸린 옷 중에서 그에게 어울릴 만한 셔츠를 한 장 꺼내 바구니에 넣었다. 남자 옷을 사는 일은 상대가 누구인가를 막론하고 조금 쑥스러운 일이어서 나는 허둥지둥 그 자리를 떠났다.

나는 생필품 코너를 지나쳐 화장품 매장으로 갔다. 진열대에 죽 늘어선 여러 가지 화장품들을 보면서 '참 종류도 다양하다' 는 생각에 묘한 감동까지 받으며 걸었다. 그때 진열대의 구석에 립스틱 하나가 쓰러져 있는 것이 보였다. 나는 그것을 세워 놓으려고 손을 뻗었다. 그러자 통로 저편에 있는 점원들의 목소리가 한층 더 크게 들려 왔다. 나는 무심코 목소리가 들리는 쪽을 쳐다보다가 잠시 동안 멍하니 서 있었다.

"찾았다!"

그 목소리를 향해 천천히 돌아보았다. 카운터 옆을 지나 내 쪽으로 다가오는 테루가 보였다.

"이제야 생각났어요."

숨을 헐떡이며 뛰어온 그의 시선이 내 오른손으로 향해 있었다.

내 오른손은 웬일인지 윗옷 허리 아래쪽 주머니쯤에 놓여 있었고 그 손에는 립스틱이 꽉 쥐어져 있었다. 순간 정신이 번쩍 든 나는 그것을 바구니에 집어넣었다. 그런데 테루는 내 행동에는 별로 신경 쓰지 않는 것 같았다.

"낙타! 여동생이 낙타한테 고백했다구요!"

그 말을 하며 흥분을 감추지 못했다.

잠시 당황해 있던 나는 그가 무슨 말을 하고 있는지 이해할 수 없었다.

"여동생이 그렇게 말하면 안다고……."

"아!"

그 말뜻을 비로소 알게 된 나는 고개를 약간 끄덕였다.

"전 분명히 전했어요."

그렇게 말한 후에 그는 빠른 걸음으로 가다가 갑자기 멈춰 서서 나를 향해 휙 돌아서더니 말했다.

"댁이 여기 있는지 어떻게 알아냈는지 알아요?"

그리고 내가 대답할 틈도 주지 않고 말했다.

"버스 회사에 가서 물어 봤어요."

그러고는 다시 뛰어가버렸다.

나는 그를 바라보며 바구니에 있는 립스틱을 진열대 위에 살며시 올려놓았다. 점원들은 여전히 수다를 떨고 있었다.

업무를 끝낸 첫차의 청소가 시작될 즈음, 나는 상사에게 친구가 갑자기 찾아왔다고 말하고 회사를 나왔다. 하지만 그때는 이미 저녁 식사 시간이 훨씬 지나 있었다. 아마 테루는 주린 배를 움켜쥐고 나를 기다리고 있을 터였다. 나는 집으로 가는 길에 편의점에 들러 간단한 음식 재료를 사서 서둘러 아파트로 갔다.

　계단을 뛰어올라 집 앞에 도착했는데, 웬일인지 집 안에 불이 켜져 있지 않았다. 이 시간까지 밖에 있을 리는 없을 테고, 어쩌면 집으로 돌아가버린 것이 아닐까 하고 염려하며 살며시 문을 열고 들어가 보았다.

　"안에 있어요?"

　불을 켜면서 구석방으로 들어가자 계속 켜둔 듯한 TV 앞에 오도카니 앉아 있는 테루의 모습이 보였다. 웬일인지 고개를 숙인 채 아래만 쳐다보고 있었다.

　"왜 그래요?"

　나는 그에게 가까이 다가가서 얼굴이 반쯤 가려질 정도로 푹 눌러 쓴 모자를 살짝 끌어올렸다. 조금 전에 흥분하던 모습과는 달리 기운이 쭉 빠진 얼굴이었다.

　"피리 부는 청년 이야기를 이제는 들을 수 없어요."

　고개를 숙인 채 그가 불쑥 말했다.

　"왜요?"

"전화를 거니까 모르는 사람이 받아서 그렇게 말했어요."

어젯밤에 그가 다음 이야기를 할머니한테 물어 본다고 했던 말이 생각났다. 아마 집에 전화를 걸어 본 것 같았다.

"무슨 말이에요?"

"할머니가 죽었대요."

그 순간 나는 할말을 잃었다.

"말해 줘요. 그게 무슨 뜻이에요?"

그는 천천히 고개를 들어 새빨개진 눈으로 나를 쳐다보며 그렇게 물었다.

4 아직 햇살이 비치기 전, 역 벤치에 앉아 우리는 첫차를 기다렸다. 테루는 어두운 표정으로 고개를 숙인 채 아래만 쳐다보았다. 우리 둘 사이에는 침묵이 흘렀고, 그 사이로 새 지저귀는 소리만 우뚝 솟은 산 여기저기에서 메아리쳤다. 기차가 도착할 시간이 서서히 다가오자 아까부터 할말을 찾고 있던 나는 그의 구두끈이 풀린 것이 눈에 띄었다.

"풀렸어요, 구두끈."

"어? 정말."

그는 등을 구부려 구두끈을 만지작거렸다. 그러나 매듭 짓는 방법을 모르는지 아무리 해도 제대로 끈을 매지 못했다.

"나, 이런 거 잘 못해요."

그렇게 말하더니 그는 포기한 듯 구두에서 손을 뗐다. 나는 보다못해 의자에서 일어나서 그의 발 앞에 쭈그리고 앉아 뒤엉킨 구두끈을 풀어 제대로 매어 주었다.

"그럼 지금까지는 어떻게 했어요?"

"매일 아침 할머니가 해주셨어요."

그 말을 하는 순간 그의 얼굴이 더욱 어두워졌다. 나는 어색해서 화제를 바꾸었다.

"있잖아요."

"뭐요?"

"나, 변한 것 같아요?"

그는 의아한 얼굴로 나를 바라보았다.

"그날, 내가 변한다고……. 고향에 돌아와서 결국 내가 변한 걸까요?"

당돌한 내 질문에 그는 잠시 당황해하는 듯하더니 다시 심각한 얼굴로 한참 동안 나를 바라보았다.

"조금 변했어요."

"어떻게?"

그는 또 잠시 생각한 뒤에 말했다.

"머리카락이 길어졌어요."

나는 뒤통수를 한 대 얻어맞은 듯한 기분이 들어 눈을 흘기며 웃어버렸다. 기적을 울리며 기차가 터널을 빠져나왔다.

"나, 갈게요."

그가 일어섰다.

"네."

나는 그를 배웅하며 그의 뒤를 따라갔다. 기차가 기세 좋게 달려오더니 브레이크 소리를 내면서 멈춰 섰다. 문이 열리자 차장인 듯한 사람이 내려 크게 기지개를 켰다. 테루는 개찰구를 지나 플랫폼으로 이어지는 짧은 계단을 올라갔다. 나는 그의 뒷모습을 바라보면서 어젯밤부터 계속 생각해 오던 질문을 다시 한 번 스스로에게 던져 보았다. 그러고 나서 그를 불렀다.

"저기요."

그가 발걸음을 멈추고 뒤를 돌아보았다.

"나도 따라가면 안 될까?"

나도 모르게 입에서 그 말이 튀어나왔다.

"왜요?"

놀란 얼굴로 그가 물었다. 나는 머리 속으로 내 기분을 제대로 정리하려고 했지만 결국 생각이 나지 않아서 이렇게 말했다.

"휘파람 잘 부는 청년 얘기를 다 못 들었잖아요."

테루가 빙긋 웃었다. 출발을 알리는 기적 소리가 울렸다. 나는 달려가서 테루의 손을 잡아 끌며 기차를 향해 달렸다. 기차는 마치 기다리고 있었다는 듯 우리가 타자마자 문을 닫고 천천히 출발했다.

5장

"그와 함께 있으면서 내가 구원을 받고 있어요.
그에게 내가 도움을 청한 거라구요."

1 할머니의 묘지 주변은 높은 맨션으로 둘러싸여 있었다. 유독 그곳만 잊혀진 듯 덩그러니 남겨진 쓸쓸한 묘지였다. 테루의 집에 도착한 우리는 남의 손에 넘어간 그 집으로 들어가는 것을 제지당했다. 다행히 동네 사람의 안내를 받아 우리는 이곳까지 올 수 있었다. 가까운 친척도 없었고 유일한 손자인 테루도 행방을 알 수 없어서 평소에 알고 지내던 동네 사람들과 주지 스님이 모여 서둘러 장례를 치르고 있는 중이었다.

독경을 끝낸 스님이 가고 나자 우리만 덩그러니 남았다. 눈앞에는 작은 묘비석이 있었고 그 옆에는 누군가가 가지고 온 초라한 꽃이 꽂혀 있었다. 말이 묘비석이지 이름과 생몰년월일이 새겨진 것이 아니라 강가에서 아무렇게나 굴러 다닐 것 같은 작고 동그란 돌이었다.

"이 밑에 계신 거겠죠?"

테루가 묘지를 바라보며 말했다.

"하지만 없어요. 죽어버렸으니까……."

그에게 해줄 말을 찾지 못해 나는 아무 말도 해줄 수 없었다.

"있는 데가 없다니……. 정말 이상하다."

툭 내뱉듯이 테루가 중얼거렸다.

그 옆모습이 낯이 설 만큼 험악해서 뭔가에 몹시 화가 나 있는 듯이 보였다. 나는 그에게서 시선을 거두고 무덤 뒤에 세워진 탑

모양의 나무판을 보았다. 할머니의 것으로 보이는 새로운 나무판 외에도 오래된 것이 두 개 더 있었다. 그 중 하나는 무척 오래되어 썩다시피 했고 나머지 하나는 그것보다는 훨씬 나중 것이었다. 나는 계속 궁금하게 여겨 왔던 것을 물어 보기로 했다.

"저, 뭐 하나 물어봐도 돼요?"

"뭔데요?"

"부모님은……?"

그는 나의 질문에 조금 당황한 기색이었다.

"몰라요."

"모르다니?"

"기억이 나질 않아요. 할머니가 그러셨어요. 내 기억은 커다란 얼음 속에 갇혀버려서 아무도 꺼낼 수 없다고……."

그가 과거의 기억을 잃어버렸다는 것은 알고 있었다. 아마도 모자 속에 숨겨져 있을 상처에 그 원인이 있을 것이다. 그런데 썩은 나무판은 할아버지의 것이라고 해도 또 하나가 신경이 쓰였다. 이것은 도대체 누구의 것일까? 하지만 내가 아무리 생각한들 해답이 나올 리 없었다.

"이제 어떻게 하지?"

나는 어떻게 해야 할지 몰라 그렇게 중얼거렸다.

그는 뭔가를 골똘히 생각하는 듯 머리를 갸우뚱거리더니 갑자기 뭔가를 발견한 듯 쭈그리고 앉았다.

"뭐예요?"

"차를 태워 준 남자……."

그의 발을 보니 구두 옆에 까만 종이 조각이 튀어나와 있었다. 그는 그것을 꺼내더니 내게 불쑥 내밀었다. 까만 종이에 새하얀 글씨로 이름과 주소가 쓰여 있었다. 여기에서 그리 멀지 않은 곳이었다.

"갈 데가 없으면 오라고 했어요."

그가 웃으며 말했다.

2 테루와 나는 버스를 두 번이나 갈아타고 샐리라는 남자의 집으로 갔다. 불안해하는 나와는 달리 테루는 버스 안에서 계속 즐거운 표정으로 안내 방송을 흉내 내거나 엉터리 가사로 노래를 흥얼거렸다. 마치 할머니가 돌아가신 일 따위는 옛일처럼 까맣게 잊어버린 듯했다.

명함에 적힌 주소를 사람들에게 보여주며 물어물어 가파른 언덕길을 계속 올라갔다. 한참을 올라가자 갑자기 사람이 살 것 같

지 않은 황량한 풍경이 눈앞에 펼쳐졌다. 방금 전까지만 해도 주택이나 아파트들이 복닥거리며 늘어서 있었는데, 그것이 마치 거짓말처럼 느껴질 정도로 숲과 늪지에 둘러싸인, 조금 음산한 장소가 나타났다.

조금 더 걸어가자 낡은 집 한 채가 보였다. 삼각 지붕의 목조 2층 건물인 이 집 정원에는 나무가 울창하게 우거져 있었고 동물원에나 있을 법한 커다란 철망도 보였다. 어디선가 푸드득거리는 새의 날갯짓 소리가 들려 와서 마치 호러 영화에 나오는 유령의 집을 연상케 했다. 우리는 대문 문패에 새겨진 이름과 주소를 확인하고 나서 서양풍의 하얀 아치를 빠져 나와 금이 간 계단을 조심조심 올라갔다.

벨을 누르자 잠시 후에 문이 열렸다. 안에서 얼굴을 내민 샐리는 선글라스를 쓰고 있었고, 손에는 맥주병을 들고 있었다. 테루로부터 대충 이야기는 들었지만 큰 키에 사람을 압도하는 그를 보자 나도 모르게 몸이 움츠러들었다.

"저 왔어요."

테루가 말했다.

샐리는 조금 놀란 얼굴로 우리를 뚫어지게 쳐다보았다. 그는 문을 연 채로 아무 말도 하지 않고 우두커니 서 있었다.

"안녕하세요?"

하는 수 없이 내가 어색하게 인사를 했다.

"아아, 안녕하세요?"

샐리는 조금 틈을 두고 땅울림처럼 나직한 목소리로 짧게 말했다. 그리고 천천히 테루에게 시선을 돌려, "정말로 왔네" 하고 말하고 누런 이를 드러내며 웃었다.

샐리의 뒤를 따라 우리는 집 뒤편에 있는, 철망으로 만든 새장으로 갔다. 겉에서 보니 철망 안에는 하얀 비둘기가 수를 헤아릴 수 없을 만큼 많이 있었다. 비둘기들 중 일부는 모이를 쪼아 먹고 있었고, 나머지는 파닥파닥 날갯짓을 하고 있었다. 샐리는 셔츠 위에 더러워진 흰색 가운을 걸치면서 커다란 몸을 접듯이 구부리며 좁은 입구로 들어갔다.

"결혼식이나 운동회에서 비둘기 날리는 거 본 적 있지? 그것들이 제멋대로 날고 있는 것처럼 보이지? 하지만 그게 아니야. 그 비둘기 날리는 게 내가 하는 일이야."

새장 한 구석으로 몰려드는 비둘기를 손을 휘저어 흩어놓으며 샐리가 말했다.

테루와 나는 입구에 서서 조심스레 안쪽을 들여다보았다.

"비둘기를 날린다고 해서 무작정 날려 보내는 게 아니야. 타이밍을 잘 맞춰서 한번에 쫙 날려야 한다구……."

"와, 굉장한데요?"

테루의 눈빛이 반짝거리기 시작했다.

"그럼 한번 해볼까?"

샐리는 새장 높은 곳에 하늘을 향해 난 작은 문을 열었다. 그러자 때를 기다렸다는 듯이 모든 비둘기가 일제히 새장으로부터 나와 기세 좋게 하늘을 향해 날아올랐다. 비둘기는 푸른 하늘을 한순간 하얗게 뒤덮으며 일렬로 삼각 지붕의 주변을 빙글빙글 돌았다.

"그리고 다음에는 이거야."

새장을 나온 샐리가 빨간 깃발을 들어올려 좌우로 크게 흔들었다. 그러자 이쪽을 향해 날아오던 비둘기가 갑자기 방향을 틀었다.

"왜 그래요?"

테루가 물었다.

"녀석들은 빨강색을 싫어해. 그래서 이걸 이리저리 흔들어대면 내려오려고 했던 비둘기가 다시 날아가는 거야."

한 무리의 비둘기떼들이 서로 모였다 흩어지기를 되풀이하면서 드넓은 하늘을 기분 좋게 날았다. 우리는 시간을 잊은 채 목이 아플 정도로 마냥 하늘을 쳐다보았다.

집 안의 방들을 구경한 우리는 우선 그 크기에 놀랐다. 집은 혼자 살고 있다고는 믿지 않을 만큼 컸다. 1층에는 방이 여러 개 있었다. 그런데 샐리의 침실을 포함해서 모든 방들이 사람이 살고 있다고는 느껴지지 않을 만큼 살림살이가 없었고 생활의 흔적을 전혀 느낄 수 없을 정도로 신비한 공간이었다. 샐리는 이 집을 자기가 직접 지었다고 말했다. 그러나 그가 혼자서 이 집을 지을 만큼 대단한 인물로는 도저히 보이지 않았다.

2층에는 하늘을 향해 창이 나 있는 넓은 방이 하나, 그리고 구석에 침대가 놓인 작은 방이 있었다. 이 방 역시 손님방처럼 보였지만 지금까지 아무도 그 방에서 지낸 사람은 없다고 한다. 그 방은 통나무집을 연상케 하는 목조 벽과 한쪽 면을 꽉 차게 깐 검은 카펫 때문에 차분한 분위기를 풍겼다. 그러나 자세히 보면 낡은 전통 가구와 지방의 토산품 가게에서 산 것 같은 물건들이 아무렇게나 놓여 있었고, 스멀스멀 풍겨 오는 곰팡이 냄새까지 가세해서, 나쁘게 말하면 그냥 창고 같은 곳이라고 할 만했다. 막상 이 기괴한 집의 주인인 샐리는 아까부터 까만 가죽 소파에 걸터앉아서 우리의 이야기에 귀를 기울이고 있었다.

"여기에서 일하고 싶으면 말해. 그건 어렵지 않아."

우리의 이야기를 가로막으며 샐리가 낮은 목소리로 말했다.

"정말요?"

"그럼."

"잘됐다!"

테루가 나를 바라보며 빙긋 웃었다.

"그런데 오늘 밤에 잘 곳은 있나?"

"없어요. 이제 집도 없어져버려서……."

"그럼 두 사람 다 여기서 자."

"그래도 돼요?"

샐리는 고개를 끄덕이며 탁자 위에 놓인 마시다 만 맥주를 손에 들고 말했다.

"자, 마실까?"

그날 밤은 자연스레 파티가 되어버렸다. 샐리는 어디에서 꺼내오는지 맥주를 계속 테이블 위에 늘어놓았는데 무려 60병을 넘어섰다. 처음에는 사양하던 나도 차츰 분위기에 이끌려서 두 사람에게 질세라 맥주를 마셔댔다.

마침내 술에 만취된 테루가 이상한 비둘기 춤을 추기 시작하자 샐리와 내가 그를 따라 춤을 추었다. 세 사람은 한 손에 맥주를 든 채 원을 그리며 빙글빙글 돌기 시작했고, 그 춤은 테루가 어지러워 기절할 때까지 계속 이어졌다.

차가운 밤공기가 술에 취한 머리를 개운하게 씻어 주었다. 나는 2층 발코니에서 맑은 밤하늘에 떠 있는 달을 바라보았다. 테루는 구석 쪽 손님방에서 옮겨 온 자세 그대로 곯아떨어져 있었다. 그가 지금까지 어떤 환경에서 어떤 생활을 해왔는지 확실히 알 수는 없었지만, 할머니의 죽음이 그에게 커다란 슬픔으로 다가온 것만은 틀림없었다. 그런데도 이렇게 세상 모르게 잠들어 있는 그의 모습을 보자 나는 다행이라는 생각이 드는 한편 그럴 수 있다는 것이 부럽기조차 했다.

문이 열리는 소리에 뒤를 돌아보니 1층으로 내려간 샐리가 방으로 들어오는 모습이 창 너머로 보였다. 샐리는 계속 켜져 있던 스토브를 끄고 실내를 한번 휙 둘러보고는 다시 자기 방으로 돌아가려 했다.

"죄송해요. 폐를 끼치게 돼서……."

갑자기 발코니에서 방으로 들어온 나를 보더니 샐리는 깜짝 놀라 걸음을 멈췄다.

"잠이 안 오나?"

"늘 그래서 이젠 익숙해요."

"그래도 나는 익숙해지지 않던데……. 자고 있는 동안 몇 십 년 정도 나이를 먹어버릴 것 같아서 놀라 눈을 뜨지. 다음에 깨어나면 이미 할아버지가 되어 있을까 봐……."

우리는 서로 마주보며 싱긋 웃었다.

"그렇다고 꼭 나이를 먹고 싶지 않다는 건 아니야. 그냥 뭐라고 할까, 지금 이런 생활이 과거가 되어버리는 게 왠지 억울해서……."

샐리는 그렇게 말하며 쓴웃음을 지었다.

"도대체 내가 무슨 말을 하고 있지? 그건 그렇고 어떻게 할 작정이지?"

갑자기 말투를 바꾸어 그가 물었다.

"저 녀석하고 함께할 작정이야?"

나는 나도 모르게 고개를 숙였다. 그것은 도쿄로 향하는 기차 속에서 계속 내 머리를 떠나지 않는 질문이기도 했다.

"저 녀석을 지켜주려면 나름대로 희생이 필요할 텐데……."

"아니, 그 반대예요."

나는 그의 말을 가로막으며 말했다.

"그와 함께 있으면서 내가 구원을 받아요. 그에게 내가 도움을 청한 거라구요."

샐리가 이해할 수 없다는 듯 나를 바라보았다. 우리 둘 사이에 대화가 끊어지고 침묵만이 감돌았다. 샐리는 말없이 계속 나를 바라보다가 창을 두드리는 바람 소리와 함께 수염으로 뒤덮인 입을 열었다.

"뭐 하나 물어 봐도 될까?"

"뭔데요?"

"울음 소리, 까마귀 울음 소리 흉내 낼 줄 아나?"

나는 이상한 질문에 순간 당황했다.

"해본 적 없어요."

"그렇군. 그럼 됐어."

"그런데 무슨 일이에요?"

"설사 그걸 할 줄 안다고 해도 내 앞에서는 하지 말아 줘. 자네를 보고 있으면 내 마음이 아파."

샐리는 내 옆을 지나 문 쪽으로 갔다.

"이제 졸음이 오기 시작했어. 그럼 이만⋯⋯."

"안녕히 주무세요."

"이것으로 또 나이를 먹게 되는군."

샐리가 문을 닫았다. 나는 그 문에 기댄 채 피식 웃었다.

6장

"그렇다고 착각하지 마. 나는 자상한 것도 뭣도
아니야. 다만 자네들 두 사람이 조금
마음에 들었을 뿐이야. 그것뿐이라구."

1 아침 일찍 샐리와 나는 트럭을 타고 일터로 향했다. 오늘 일은 두 사람이면 충분하다고 해서 미즈에는 혼자 집을 지키기로 했다. 그 집에 혼자 남아 있는 것은 참으로 용기가 필요했다. 내가 그 역할을 떠맡지 않게 된 것이 조금 다행스러웠다.

샐리의 트럭은 여전히 빠른 속도로 달렸고, 앞서 달리는 차를 하나씩 추월해 나갔다. 화물칸에 덮어씌운 시트 밑 새장 속에서 많은 비둘기들이 이리저리 흔들리며 자신들의 차례를 조용히 기다리고 있었다. 그리고 나는 샐리가 빌려 준 헐렁한 까만 윗도리를 입고 오늘 하게 될 일에 대해 배웠다.

"자, 잘 들어. 내가 하는 이 신호가 '고!' 야."

샐리는 자신의 코를 손가락으로 탁 튕기며 말했다.

"네."

나는 고개를 크게 끄덕였다. 오늘 배운 일은 그것뿐이었다.

우리가 도착한 교회는 큰 나무들로 뒤덮인 언덕 위에 우뚝 서 있었다. 마치 외국에서나 봄직한 알록달록한 창문이 여러 개 나 있는 낡은 건물이었다. 샐리의 집과 모양이 같은 삼각형 지붕에 높은 탑이 삐죽 튀어나와 있었고, 그 한가운데 뚫린 공간에는 내 모자와 똑같은 모양의 커다란 종이 매달려 있었다.

샐리는 트럭 짐칸에서 새장을 내렸다. 그리고 그 안에 들어 있던 수많은 비둘기를 한 마리씩 손으로 잡아 두 개의 작은 새장으로 옮겨 담았다. 작은 새장에는 각각 손잡이가 달려 있어서 힘껏 아래쪽으로 비틀면 뚜껑이 열리면서 비둘기가 밖으로 나오도록 장치가 되어 있었다. 샐리와 내가 작은 새장을 결혼식용 꽃이 달린 선반 위에 올려놓고, 각각 문을 한쪽씩 잡고 서서 비둘기와 함께 하객들이 나오기를 기다렸다. 교회 안에서는 오르간 소리에 맞추어 노랫소리가 들려 왔다. 샐리는 그 노래가 '찬송가'라고 가르쳐 주었다.

결혼식이 끝나자 하객들이 줄줄이 정원으로 나왔다. 잠시 후에 종탑에서 종이 땡그렁땡그렁 울렸다. 그와 동시에 목사님이 문을 열자 하얀 옷을 입은 신랑 신부가 팔짱을 끼고 나타났다. 여기저기에서 카메라 플래시가 터지면서 두 사람을 훤히 비추었다. 무척 아름다운 신부는 길게 늘어진 긴 스커트를 끌면서 하얀 융단 위를 한 걸음 한 걸음 천천히 걸어갔다.

나는 그 모습을 보면서 새장 손잡이를 꽉 붙잡은 채 그 순간을 기다렸다. 두 사람이 함께 인사를 하면서 박수와 환호성 소리가 한층 더 커지자 샐리가 코를 탁 튕겼다. 나는 배운 대로 새장 뚜껑을 열었다. 그러자 두 사람 앞에 있던 새장에서 일제히 비둘기가 날아올랐다. 비둘기는 신랑과 신부 앞을 교차하면서 하늘로 날아올라가더니 줄을 맞추며 원을 그리듯 다시 날아갔다. 박수와 환호성이 더 크게 터져 나왔고 신부는 기쁜 표정으로 비둘기를 올려다

보았다. 내가 샐리를 쳐다보며 웃자 샐리는 내게 OK 사인을 보냈다. 이렇게 샐리와 나의 비둘기는 오늘의 임무를 실수 없이 마쳤다.

"미즈에는 지금 뭐하고 있을까?"

집으로 돌아오는 트럭 안에서 나는 아까부터 계속 생각해 왔던 것을 샐리에게 물어 보았다. 오늘 있었던 일을 빨리 가서 들려주고 싶었다.

"글쎄, 기다리다 지쳐 자고 있지 않을까?"

"그럴지도 모르겠네."

나는 창 너머로 하늘을 올려다보았다. 샐리의 말에 따르면 교회에서 날아갔던 비둘기가 모두 집으로 돌아오려면 3시간 정도 걸린다고 한다. 전서구(傳書鳩, 통신용 비둘기-옮긴이)는 아무리 멀리 날아가도 반드시 자기 둥지로 돌아온다고 한다. 그런 현상을 '귀소본능'이라고 하는데, 태양의 위치나 바람의 방향, 지형, 기압 등을 이용한다는 설과 이것들을 전부 혼합해서 이용한다는 설이 있다고 한다. 하지만 어느 설이 맞는지는 아직 밝혀지지 않았다고 샐리가 말해 주었다.

그 중에는 피곤에 지친 나머지 중간에 길을 잃어 집으로 돌아오지 못하는 비둘기도 간혹 있다고 한다. 어쨌든 지도도 없이, 누군가에게 길을 물을 수도 없는 비둘기가 어떻게 집을 찾아올 수 있는지 신기하기만 했다. 비둘기들이 집으로 돌아가고 싶은 마음이 너무 간절해서 자기도 모르는 사이에 집까지 오게 되는 것이 아닐까. 집으로 돌아와서 문득 정신을 차려 보니, '어라? 우리 집이네'라거나, '이번에도 우리 집에 돌아왔군' 하며 의기양양하게 고개를 끄덕이며 얘기할 것이라는 생각이 들었다. 나는 그런 상상을 하면서 혼자 키득키득 웃었다.

그러자 잠시 후에 샐리가 나를 불렀다.

"이봐."

샐리는 조금 무서운 표정으로 나를 보았다.

"만약에 말인데, 미즈에가 없어지면 어떻게 할 거야? 어디론가 가버려서 두 번 다시 돌아오지 않는다면 어떻게 할 거냐고?"

나는 그가 왜 그런 말을 하는지 알 수 없었다. 미즈에와 내가 여기 도착한 것은 불과 어제였고, 그녀가 아무 말도 없이 어디론가 갑자기 가버린다는 것은 생각할 수도 없는 일이었다. 나는 샐리가 나를 놀리려고 장난 삼아 그런 말을 한다고 생각했다.

"만약이야."

"그럴 리 없어요."

"그러니까 만약이라고 하잖아."

"그럴 리가 없어요. 기다리겠다고 말했어요."

나는 샐리의 터무니없는 말에 조금 강하게 말했다.

"그런 말 하지 말아요."

그후로 샐리는 아무 말도 하지 않았다. 나도 기분이 이상해져서 계속 입을 다물고 있었다.

트럭이 언덕 끝까지 올라가자 삼각 지붕의 샐리의 집이 보였다. 사실 샐리의 말을 듣고 나서 나는 조금 불안해졌다. 어쩌면 미즈에가 집에 없을지도 모른다는 생각이 조금씩 들기 시작했다.

트럭이 멈춰 서자마자 나는 서둘러 계단을 뛰어 올라갔다. 현관 문을 잡아당겨 보았지만 문은 잠긴 채 열리지 않았다. 이번에는 벨을 몇 번이고 눌러 보았지만 아무리 기다려도 안에서는 인기척이 없었다.

"왜 그래?"

샐리가 계단을 올라오며 말했다.

"없는 것 같아요."

나는 어찌할 줄을 몰랐다. 머리 속에서는 더 이상 아무 생각도 떠오르지 않았다. 샐리는 입을 다문 채 2층을 올려다보기도 하고 집 뒤쪽을 들여다보기도 하면서 다녔다. 나는 텅 비어버린 머리를 푹 떨군 채 땅만 바라보았다. 혼자 집을 보게 하는 게 아니었는데, 하는 후회가 밀려왔다. 혼자 너무 심심한 나머지 나가버린 걸까?

그때 뒤에서 목소리가 들렸다.

"지금 돌아와요?"

뒤를 돌아보니 미즈에가 계단을 올라오고 있었다. 그녀는 양손 가득 쇼핑 봉투를 든 채 웃으면서 우리를 바라보았다.

"어서 돌아와요!"

나는 그렇게 말하며 계단을 뛰어 내려갔다.

"어서 돌아와요!"

이 말을 몇 번이나 되풀이했는지 모른다.

그러고는 너무 기쁜 나머지 마치 강아지처럼 주변을 팔짝팔짝 뛰어다녔다. 미즈에는 길을 잃어버리는 바람에 늦었다고 말했다. 하지만 난 그녀가 비둘기처럼 집에 돌아오고 싶은 마음이 강해서 무사히 돌아올 수 있었던 것이라고 믿었다.

저녁에는 셋이 둘러앉아서 미즈에가 만든 카레라이스를 먹었다. 나는 카레라이스가 너무 맛있어서 몇 그릇을 먹었는지 모른다. 카레 안에는 초록색 야채가 들어 있었는데, '브로콜리'라고 미즈에가 가르쳐 주었다.

2 우리는 다음날도, 또 다음날도 계속 일을 했다. 나와 샐리는 비둘기 날리는 일을 했고, 미즈에는 요리와 빨래, 그리고 청소를 담당했다.

우리는 매번 장소를 바꿔 비둘기를 날렸다. 결혼식뿐만 아니라 다리나 빌딩의 준공을 경축하는 행사와 장례식에도 몇 번 간 적이 있다. 장례식 때는 상주가 사람들 앞에서 인사를 한 후, 관을 운구하는 차가 화장터로 출발하는 타이밍에 맞추어 비둘기를 날렸다. 이것은 죽은 사람의 영혼이 하늘로 날아가는 것을 상징하는 것이라고 한다. 진짜 영혼을 본 적이 없는 내게는 슬픔에 젖은 사람들 사이를 날고 있는 비둘기의 모습이 마치 천국을 향해 날아올라가는 하얀 영혼처럼 느껴졌다.

샐리는 나에게 모이 주는 법을 가르쳐 주었다. 우선 대롱으로 된 물통의 물을 갈아 준 다음, 양동이에 든 모이를 비둘기가 먹기 좋도록 나무로 된 긴 모이통에 넣어주는 것이었다. 모이가 너무 많아도 안 되고 너무 적어도 안 되었다. 매일 비둘기가 먹는 양을 봐가면서 양을 조금씩 바꾸어 주는 것이 어렵다면 어려운 일이라고 샐리가 말했다.

새장 청소는 셋이 같이 했다. 청소를 하지 않고 그냥 놔두면 금세 깃털과 새똥으로 뒤범벅이 되어버리기 때문에 매일 청소해 주어야 했다. 우리 셋은 마스크를 쓰고 하얀 옷을 입고 바닥을 솔로

문질러 깨끗이 청소했다.

외출할 일이 없는 날에는 비둘기를 운동시키기 위해 새장 문을 열고 집 주변을 날아다니게 했다. 이것은 멀리에서 날려 보냈을 때 무사히 집으로 돌아오게 하기 위한 체력 단련이라고 했다. 금방 지쳐버려 새장으로 돌아오려고 하는 비둘기나 지붕 위에 앉아 움직이지 않는 비둘기에게는 빨간 깃발을 흔들어 주었다. 그러면 깃발을 보고 놀란 비둘기가 다시 하늘을 날아올랐다. 처음에는 잘 되지 않았지만 점차 익숙해져서 이제 비둘기들이 내 말을 잘 들었다. 샐리는 그런 일은 어린아이도 할 줄 안다고 말했다.

나는 샐리에게 여러 가지 일을 배우는 동안 일일이 메모하지 않아도 예전처럼 쉽게 잊어버리지 않았다. 하지만 그것은 이 일에 관련된 일에 한해서만이다. 구두 끈 매는 법은 여전히 잘 외워지지 않아서 오늘 아침에도 아무렇게나 끈을 매는 바람에 미즈에가 새로 고쳐 매주었다.

가끔 휴식 시간도 있었다. 사람에게는 휴식이 필요하다고 하면서 샐리는 일이 며칠째 계속되면 반드시 쉬는 날을 만들었다. 그 날은 마침 일주일 내내 계속 일을 하고 난 뒤여서 우리는 상의 끝에 가까운 호수에 가서 낚시를 하기로 했다. 샐리는 세 사람 분의 낚싯대와 작은 의자를 트럭의 짐칸에 던져 넣고 온 집 안을 뒤지더니 커다란 철망과 불을 붙이는 번개탄까지 찾아와서 "이걸로

잡은 생선을 구워 먹자" 하고 말했다.

한 시간 반 정도면 호수까지 갈 수 있다고 했다. 운전석에는 샐리, 중간에는 나, 그리고 창가에는 미즈에가 앉았다. 좁은 차 안에서 우리는 어깨를 맞대고 이리저리 흔들리면서 호수로 향했다. 샐리는 내 무릎 위에 맥주를 놓고 늘 그랬던 것처럼 맥주를 마시면서 운전을 했다.

호수에 도착한 것은 샐리가 말한 대로 딱 한 시간 반이 지난 뒤였다. 물 속이 훤히 들여다보일 정도로 맑은 물에 파란 하늘이 비치고 있어서 나는 왠지 물고기가 많을 것 같아 기뻤다. 물가에는 벌써 낚시를 시작한 사람들이 몇 명 앉아 있었다. 우리는 그들에게 질세라 서둘러 짐칸에서 짐을 내렸다.

샐리가 낚싯대에 낚싯줄을 걸고 있는 동안 나와 미즈에가 철망을 끌어내리다가 구석에 커다란 작살이 실려 있는 것을 보았다. 우리는 샐리가 상어라도 잡으러 온 것이 아닐까 하고 얘기하며 깔깔대고 웃었다.

철망을 내리고 잡은 물고기를 넣을 망을 끌어올리고 있는데 갑자기 후두둑, 소리가 나면서 트럭 시트에 물방울이 떨어졌다. 짐칸에서 얼굴을 내밀어 하늘을 보니 비가 오고 있었다. 빗방울은 순식간에 굵어지더니 마침내는 억수같이 쏟아졌다. 우리는 당황해서 망을 짐칸에 다시 싣고 트럭에 올라탔다. 조금 후에 낚싯대를 들고 샐리가 돌아왔다.

"이거 어떡하나?"

샐리는 그렇게 중얼거리며 이마의 비를 닦았다.

비는 그치기는커녕 빗줄기가 더욱 거세졌다. 아까까지 낚시를 하고 있던 사람들도 허둥지둥 돌아가고 우리가 탄 트럭만이 그 자리에 덩그러니 남겨졌다. 창문을 통해 밖을 보니 호수는 빗방울이 떨어지면서 수많은 원을 그리고 있었다. 샐리는 그것을 바라보면서 말했다.

"오히려 잘됐어. 이 상태였다면 일이 있어도 결국 못했을 거야. 오히려 횡재한 거라구."

하지만 나는 낙담했다. 모처럼의 휴일을 망쳐버렸고, 게다가 처음 배우는 낚시라 잔뜩 기대를 하고 있었기 때문이다.

나는 샐리에게 물어 보았다.

"낚시는 재미있나요?"

"음, 보통 때는……."

"누구한테 배웠어요?"

"아버지한테……."

샐리에게 아버지가 있다는 사실이 나는 신기했다. 샐리는 언뜻 보기에 자식이 아주 많이 딸린 아저씨 같았다. 실제로는 결혼도

안 한 총각이지만 말이다. 그렇게 아저씨같이 생긴 샐리에게 나이가 더 많은 아버지가 있다는 것이 상상이 가지 않았다.

"아저씨의 아버지는 어떤 사람이었어요?"

"말이 별로 없고 멋대가리라곤 없는 남자였어."

샐리는 잠시 생각한 후에 나지막이 이야기했다.

"옛날에 엄마한테 들은 얘기인데, 프로포즈를 한 곳도 이런 호수 기슭 어딘가였대. 엄마도 그날은 아침부터 눈치를 채고 이제나 저제나 하고 프로포즈 하기만을 기다리고 있었나 봐. 근데 아버지는 좀처럼 그 말을 꺼내지 못하고, 한겨울이었는데도 반나절이나 둘이서 마냥 앉아 있었대."

우리 셋은 함께 웃었다.

"그래도 남잔데, 하면서 아버지가 드디어 결심을 했어. 이제는 말해야지, 하면서 말이 목구멍까지 나오는 순간, 하필 그때 물고기 한 마리가 수면 위로 튀어 올랐대. 물을 탁, 튀기면서 말이야. 참, 그 절묘한 타이밍이란! 그러고 나서 아버지는 다시 반나절을 입을 다문 채로 있었다는 거야."

이번에는 샐리와 둘이 얼굴을 마주보며 또 웃었다.

"정말 운이 없었어, 어쩌면 태어나는 순간부터……."

샐리가 툭 내뱉듯이 말했다.

"어머니는 어떤 사람이었어요?"

"어머니는 반대로 언제나 혼자 일방적으로 얘기하셨어. 그래서 무슨 얘기든 철없이 떠들 수 있어서 좋았던 게 아닐까 싶어. 아버지는 워낙 말이 없는 사람이라 그저 의자에 잠자코 앉아 남의 얘기를 듣기만 하는 사람이었으니까. 그래서 막상 아버지가 돌아가셨을 때도 어머니는 아버지가 숨을 거둔 것도 모르고 그 옆에서 한 시간 가량을 혼자서 떠들었다니까……."

유리창에 부딪친 빗방울 한 가닥이 툭, 하고 떨어졌다.

"잘 어울리는 부부였네요, 뭐."

미즈에가 말했다.

"그럴까?"

샐리가 창밖을 바라보며 말했다. 창밖으로는 계속 비가 내리고 있었다.

"비가 그칠 생각을 안 하네."

"그만 돌아가야겠어요."

미즈에가 그렇게 말하자 나도 하는 수 없이 고개를 끄덕였다. 그러자 무슨 생각인지 샐리가 갑자기 차 문을 열고 나갔다.

"잠깐 낚시 좀 하고 올게."

샐리는 낚싯대를 들고 호수로 걸어갔다. 그리고 주룩주룩 쏟아지는 빗속에서 흠뻑 젖은 채 낚싯줄을 드리웠다.

멍하니 그 모습을 바라보던 나는 트럭 창문을 열고 큰소리로 외쳤다.

"뭐 해요?"

샐리는 호수에 드리운 낚싯줄을 바라보며 역시 큰소리로 대답했다.

"비 오는 날 더 잘 잡혀."

나는 갑자기 낚시가 너무너무 하고 싶었다. 비에 온몸이 젖는 것 따위는 상관없었다. 나는 차 안에 세워 둔 낚싯대를 들고 서둘러 샐리가 있는 곳으로 갔다. 내가 뛰어나오는 것을 보고 미즈에도 쫓아서 낚싯대를 들고 밖으로 나왔다.

샐리는 미끼 끼는 법을 가르쳐 주었다. 진흙 같은 것을 이겨서 작은 덩어리를 만들었다. 손이 젖어 있어서 쉽지는 않았지만 우리 모두는 열심히 낚싯바늘에 미끼를 끼우고 호수에 낚싯대를 드리웠다. 계속 내리는 빗줄기 속에서 우리는 마음껏 낚시를 즐겼다. 어느 쪽이 물고기인지 분간이 안 갈 정도로 우리 온몸은 흠뻑 젖었다. 그래도 우리는 개의치 않았다. 결국 내가 네 마리, 미즈에가 한 마리를 잡고, 샐리는 한 마리도 못 잡았다.

돌아오는 길은 확실히 기억나지 않는다. 왜냐하면 똑같은 리듬으로 왔다갔다하는 와이퍼를 보면서 어느새 잠이 들어버렸다. 내가 자는 동안 샐리와 미즈에가 무슨 이야기를 주고받았는지는 알 수 없지만, 서로 아무 말도 하지 않은 채 침묵을 지켰을 것이라는 생각이 들었다. 뭐라고 말로 설명할 수는 없지만 왠지 그런 느낌이 들었다.

그날 밤, 우리는 잡은 물고기로 생선 튀김을 만들었다. 샐리는 생선을 별로 좋아하지 않는다며 한 마리도 먹지 않았다. 그날 이후로 우리 셋은 일이 없는 날에는 가까운 강가에 낚시를 하러 가거나 요리를 하거나 집 안에서 뒹굴면서 TV를 보며 지냈다. 미즈에는 여전히 자상했고, 샐리는 여전히 구린내 나는 입냄새를 풍겼다. 그리고 그 사건은 어느 날 밤 갑자기 일어났다.

3 "내 말 좀 들어 줄래?"

소파에 누워 뒹굴고 있던 샐리가 벌떡 일어나더니 맥주병을 탁, 하고 탁자 위에 놓았다. 저녁을 먹고 있던 미즈에와 나는 그 소리에 깜짝 놀라서 숟가락을 쥔 채 동작을 멈췄다.

"나, 결정했어. 지금 막 결정했다구."

약간 술에 취한 말투로 샐리가 말했다.

"사실은 오래 전부터 생각했던 일인데, 이제야 결심했어. 나, 외국으로 갈 거야. 내일 떠난다."

"왜죠?"

나는 너무 뜻밖이어서 깜짝 놀랐다.

"지금까지 여러 가지 일을 해와서 후회는 없지만 한 가지 못 해
본 것이 있어. 그건 말이지……."

샐리는 우리 두 사람을 손가락으로 가리키며 말했다. 나는 그
일이 무엇인지 얼른 생각해 내려 했지만 아무리 생각해도 알 수
없었다. 미즈에도 잘 모르겠는지 고개를 숙이고 있었다. 샐리는
그 모습을 보며 큰소리로 천천히 말했다.

"결혼이야. 그래서 난 결정했어. 결혼을 할 거야. 그런데 문제
가 있어. 아주 중요한 문제지."

"무슨 문젠데요?"

"나는 여자들한테 인기가 없어."

이번에는 조금 작은 목소리로 말했다.

"하지만 그건 우리 나라에서만 그런 거야. 더 넓은 세계로 나가
면 날 좋아할 여자가 분명히 있을 거야. 그래서 결정한 거야. 나는
금발의 글래머와 결혼한다!"

샐리는 그렇게 말하고는 커다란 입을 벌려 호탕하게 웃었다. 우
리는 영문도 모르는 채 어리둥절해했다.

"그래서 일본을 떠날 거야. 모든 건 자네 두 사람한테 준다. 비
둘기도 집도 차도 모두 다 준다."

"말도 안 돼, 어떻게 그런……."

미즈에가 당황해서 말했다.

그러나 샐리는 오히려 그녀를 말리며 말했다.

"이미 결정했어. 더 이상 아무 말도 하지 마. 자, 그러니까 오늘 밤은 나를 위한 송별회를 여는 거야."

모두가 입을 꾹 다물어버리는 바람에 방 안에는 한순간 정적이 감돌았다. 마침내 샐리는 테이블 한 곳을 뚫어지게 쳐다보며 말했다.

"그렇다고 착각하지는 마. 나는 자상한 것도 뭣도 아니야. 다만 자네들 두 사람이 조금 마음에 들었을 뿐이야. 그것뿐이라구."

이어서 그는 이렇게 말했다.

"나는 정말 자상한 사람이 아니야. 착각하지 말라구."

우리는 또다시 입을 다물었고 방 안은 다시 정적이 감돌았다.

나는 방금 샐리가 한 말을 언젠가 어딘가에서 들은 적이 있는 것 같았지만 그냥 조용히 있었다.

"자, 마시자."

우리는 건배를 하고 맥주를 마셨다. 파티는 늘 그랬듯이 저녁 늦게까지 이어졌지만, 오늘은 웬일인지 아무도 취하지 않았다.

7장

"우리도 결혼하자"
"뭐라구?"
"우리도 저렇게 결혼식을 올리자구."

하룻밤이 지나도 샐리의 결심은 변하지 않았다. 우리는 씩씩하게 짐을 꾸리는 그의 모습을 옆에서 지켜볼 수밖에 없었다. 철저하게 준비를 끝낸 샐리의 얼굴에서 섭섭하다거나 아쉬운 기색은 전혀 찾아볼 수 없었다. 마치 산책이라도 나가는 사람처럼 현관문을 나섰다. 나는 허둥대며 그의 뒤를 쫓아가듯 따라 나갔다.

하늘은 드넓고 푸르렀다. 테루와 내가 이곳에 도착했을 때와 똑같이 푸른 하늘이었다. 갈 곳을 잃어 방황하다 날아 들어온 비둘기처럼 그렇게 찾아 들어온 우리 두 사람이 지금은 이렇게 이 집 주인을 배웅하고 있다는 것이 너무나 기묘할 뿐이었다. 둔탁한 소리에 뒤를 돌아보니 테루가 머리에 손을 얹은 채 난감한 표정을 짓고 있었다. 말리는 것을 뿌리치며 샐리의 무거운 배낭을 마당 앞까지 옮긴다고 나섰다가 결국은 계단 중간에서 떨어뜨리고 만 것이다. 그 바람에 배낭 안에 든 물건들이 다 쏟아져 나왔다.

"난 자네가 언젠가 사라질 줄 알았어."

샐리의 말에 나는 얼굴을 돌렸다.

"나도 그렇게 생각했어요."

"자네가 어떻게 생각하고 있는지는 모르지만, 무엇보다 저 녀석은 자네를 배신하지 않아, 절대로."

나는 눈을 내리깔고 가만히 있었다.

"자신을 절대 배신하지 않을 거라고 생각되는 사람은 이 세상에 그리 많지 않아."

"그럼 내가 배신하게 될걸요."

"배신하지 않아. 지금 이렇게 여기 있잖아."

그 말이 내 가슴에 여운을 남겼다.

테루가 이리저리 흩어진 짐을 다시 모아 배낭 안에 집어넣고 배낭을 안고 계단을 내려왔다. 두 손으로, 그것도 몸이 앞으로 쏠리며 쓰러지듯 배낭을 내밀자 샐리는 그것을 가볍게 한 손으로 받아들고는 어깨에 둘러멨다.

"자, 그럼!"

샐리는 다시 한 번 돌아서서 우리 두 사람을 뚫어지게 쳐다보았다.

"뭐라고 할까, 내 생각에 자네들 한 사람씩만 놓고 보면 참 부족한 사람들인데……."

그때였다. 샐리의 말을 가로막듯 차 한 대가, 그것도 경적을 울려대며, 카 스테레오 볼륨을 한껏 높인 채 시끄럽게 다가왔다. 우리는 악수를 하려고 길 옆으로 비켜 섰다. 4륜 구동의 그 자동차는 점점 다가오면서 액셀을 더 힘껏 밟아 가속도를 내며 우리 옆을 지나가려 했다. 좁은 길에서는 있을 수 없는 위험천만한 행동이었다.

그러자 갑자기 샐리가 뒤를 돌면서 차의 진행을 방해하듯이 자동차의 정면 유리창을 탁, 하고 두드렸다. 차는 비명을 지르듯 끼익, 소리를 내며 급브레이크를 밟았다. 타이어에서는 연기가 모락모락 피어 올랐다.

"이 멍청한 인간아! 앞이 안 보여?"

얼굴이 새빨개진 금발의 청년이 운전석에서 얼굴을 내밀며 소리를 질렀다. 샐리는 운전수의 얼굴을 손으로 움켜쥐듯 차 안으로 확 들이밀더니 아무 말 없이 뒷자석에 올라탔다.

"자, 가자. 차 몰아!"

샐리는 뒤에서 청년의 머리를 몇 차례 쿡쿡 쥐어박았다.

테루와 나는 순식간에 벌어진 광경을 멍하니 바라볼 뿐이었다. 처음에는 저항하던 청년도 계속 쥐어박히고 욕을 먹더니 결국 샐리의 명령대로 차를 몰았다. 자동차는 우리 두 사람 앞을 지나치더니 마침내 스피드를 내며 달렸다. 차가 가는가 싶더니 잠시 후에 뒷좌석의 창이 휙 열리면서 안에서 선글라스를 낀 샐리가 얼굴을 쑥 내밀었다.

"두 사람이라면 할 수 있어. 반드시 잘해 낼 수 있다구! 그럼 나는 간다!"

그는 늘 그랬던 것처럼 화난 듯한 어조로 소리쳤다.

두 사람이 탄 차는 미끄러지듯 순식간에 멀어지더니 결국 시야에서 사라졌다. 덩그러니 남겨진 테루와 나는 마치 폭풍이 한 차례 지나간 뒤처럼 무방비 상태로 서 있었다.

"진짜 가버렸어."

잠시 후에 내가 불쑥 말했다.

"그러네."

"이제 어떡해요?"

"두 사람이라면 잘해 낼 수 있어."

테루가 웃으며 말했다.

2 우리 둘은 이런저런 고민을 할 겨를도 없이 당장 다음날부터 예정된 작업에 들어갔다. 불안해서 가슴이 터질 것 같은 나와는 달리 테루는 일을 한다는 기쁨에 넘쳐 일찍부터 일어나 새장을 청소했다. 교회와 장례식에서 하는 일의 내용이나 진행 방법은 지금까지 샐리와 테루 두 사람으로부터 대충 들어 알고는 있었다. 하지만 그냥 듣는 것과 실제 상황은 엄청난 차이가 있다. 샐리가 없는 상태에서 과연 내가 무엇을 어떻게 해야 할까?

정답은 아침 일찍부터 나와 있었다. 바로 트럭 운전을 하는 일이었다. 면허증은 갖고 있지만 최근 몇 년간 운전이라고는 해본 적이 없기 때문에 거의 무용지물이라고 할 수 있었다. 내가 어찌 어찌 트럭을 움직이기는 했지만 그러기까지는 거의 30분이 걸렸다. 게다가 브레이크와 클러치의 위치조차 제대로 입력이 안 되는 것은 물론 서툰 기어 변속으로 계속 끼익끼익 이상한 소리가 나면서 고전을 면치 못했다.

"운전, 잘하는데요?"

조수석에 앉은 테루가 말했다.

"놀리지 말아요. 이런 트럭은 처음이니까."

뒤에서 다가온 여러 대의 차가 경적을 울리며 추월해 갔다. 나는 앞 유리창에 이마가 붙을 정도로 구부정한 자세로, 오로지 목적지까지 무사히 도착하는 것만 생각했다.

예정된 시간을 한참 지나서야 우리는 오늘 일을 할 교회에 도착할 수 있었다. 정신이 몽롱한 상태로 트럭을 내려오니 교회 안에서 찬송가 부르는 소리가 들려 왔다. 이미 결혼식이 시작된 것 같았다. 숨 돌릴 틈도 없이 서둘러 짐칸에 실은 새장을 내렸다.

"내가 신호를 보낼게요."

"네?"

"비둘기를 날려 보낼 신호말예요. 내 신호를 받으면, '고'라구요."

테루가 나를 보더니 코끝을 손가락으로 탁 퉁겼다.

"이렇게 하면 새장을 여는 거예요."

"네."

운전에서 해방되어 이미 탈진해 버린 나는 다시 긴장감을 되찾았다.

"미즈에, 잘할 수 있을까?"

테루가 여유만만한 미소를 지으며 나를 바라보았다. 하지만 그의 웃음을 되받아줄 여유가 없었다.

비둘기가 들어 있는 작은 새장과 선반은 교회의 문을 열면 바로 위치한 단상에 서로가 마주보게끔 놓였다. 당연히 그날의 주역은 신랑 신부이며 우리 두 사람에게 관심을 가질 사람은 아무도 없다는 것을 잘 알고 있었다. 하지만 사람들보다 한 단 위에 서서, 또 문 바로 옆이라는 위치 때문에 사람들의 시선을 받게 된다는 사실이 나를 더욱 긴장시켰다. 할 수만 있다면 도망이라도 치고 싶은 심정이었다.

초대받은 하객들은 아이들부터 노인까지 다양한 연령층이었고, 모든 사람들이 얼굴 가득 미소를 띠며 신랑 신부의 등장을 이제나 저제나 기다리고 있었다. 그 안에서 오로지 나 혼자만이 잔뜩 긴장된 표정으로 빙글거리는 테루를 바라보며 그 순간만을 기다렸다.

교회 종이 울리면서 목사와 진행자의 손에 의해 천천히 문이 열렸다. 박수와 환호성이 터져 나오고, 여기저기서 플래시가 터지면서 새하얀 턱시도와 웨딩드레스를 온몸에 휘감은 신랑 신부가 나타났다. 두 사람은 오늘, 이 기쁜 날을 가슴 깊이 새기듯 그곳에 모인 그 누구에게도 지지 않을 만큼 눈부신 미소를 지었다. 테루를 쳐다보니 어느새 그의 얼굴은 신중 그 자체로 두 주인공을 열심히 바라보고 있었다. 타이밍을 놓치지 않으려고 온 힘을 다해 지켜보고 있는 것 같았다.

신랑 신부가 천천히 걷기 시작하자 다시 한 번 커다란 환호성이 들렸다. 두 사람은 단상 끝까지 오더니 나란히 서서 허리를 깊이 숙여 하객을 향해 인사했다.

테루가 그 순간 코에 손가락을 갖다 대었다. 신랑 신부의 인사와 동시에 비둘기를 날릴 단계가 된 것이다. 나는 새장의 손잡이를 다시 잡으며 그의 손가락이 코를 튕기기를 기다렸다. 그런데 웬일인지 테루는 좀처럼 코를 튕길 생각을 하지 않았다. 게다가 시선도 어느새 신랑 신부에게서 멀어져 다른 무언가를 열심히 보고 있었다. 눈앞에 서 있던 신랑 신부는 이미 인사를 끝내고 폭죽 세례를 받기 시작했다. 나는 뭐가 뭔지 몰라 그저 멍하니 서 있었다.

그러자 하객들 사이에서 웅성거리는 소리가 들려 왔다. 문득 그쪽을 쳐다보니 신부의 아버지가 울고 있었다. 옆에서는 부인이 등

을 두드리며 애써 달래고 있었다. 신부의 아버지는 사람들 눈은
의식하지 않은 채 훌쩍거리더니 마침내 어린아이처럼 웅크리고
앉아버렸다. 사람들의 시선이 신부의 아버지에게 집중되는 가운
데 나는 신부를 쳐다보았다. 처음에는 수줍은 미소를 띠고 있던
신부의 눈에도 차츰 눈물이 고이더니 참지 못하겠다는 듯 후다닥
뛰어갔다. 신부가 하객들을 헤치고 가서 아버지를 꼭 껴안으며 눈
물 범벅이 된 채 쭈그리고 앉았다. 나는 어느새 내가 처한 상황은
다 잊어버리고 그 광경을 넋을 잃고 바라보았다.

"비둘기, 비둘기를 날려야지!"

진행자가 뛰어와서 내 귓전에 대고 속삭였다. 나는 깜짝 놀라
테루를 바라보았다. 테루의 얼굴도 눈물로 범벅이 되어 있었다.
나는 내 콧등을 튕기며 필사적으로 신호를 보냈지만 전혀 눈치를
채지 못했다. 마침내 하객들이 박수를 치면서 두 사람을 에워싸고
있었다.

"뭣들 하고 있는 거예요? 비둘기를 날리라고요!"

진행자가 안달이 나서 다시 한 번 내게 다가왔다. 테루는 완전
히 자기 할 일을 잊은 채 하객들과 함께 박수를 치고 있었다. 나는
몸을 앞으로 내밀고 그의 시선을 끌어 보려고 애썼지만 그는 신부
와 아버지를 바라보며 열심히 박수만 쳤다. 나는 더 이상 어쩔 수
가 없어 포기하고 말았다. 그러자 어깨의 힘이 쭉 빠지면서 나도

모르게 웃음이 터져 나왔다. 우리 두 사람의 첫 작업은 실패로 끝나버렸고, 비둘기는 나올 기회를 잃고 말았다.

결혼식이 끝난 후 우리 두 사람은 교회 뒤편에 있는 사무실로 불려갔다. 진행을 맡았던 남자는 미간을 잔뜩 찌푸리며 팔짱을 낀 채 몇 번이고 긴 한숨을 내쉬었다. 진행자는 교회의 직원과는 달리 결혼식 전반을 담당하는 이벤트 회사 직원이었다. 신랑 신부의 요청에 따라 결혼식과 피로연 장소를 잡고 그것을 위한 제반 준비와 온갖 행사 기획을 총괄했다. 이번에 우리가 비둘기를 날리려고 했던 것도 그들이 기획한 이벤트 중의 하나이며 여하튼 그는 우리의 고용주인 셈이었다. 샐리에게 이미 연락을 받았고, 이쪽 사정을 조금은 이해한 듯 보였지만 아무래도 그의 얼굴에는 테루와 나에 대한 불신의 기색이 역력했다.

"이게 대체 어떻게 된 일입니까?"

"죄송합니다."

우리는 테이블을 사이에 두고 앉아 힘없이 고개를 푹 떨구었다.

"그까짓 비둘기 안 날린 걸 가지고 이런 말 하긴 좀 뭣하지만, 이건 명백한 계약 위반입니다. 그에 대해서 우리측에선 당연히 환불해 주어야 하고 그렇게 되면 우리의 신용도 떨어집니다."

진행자는 또렷한 어조로 말하더니 곁눈질로 테루를 쳐다보았다.

"그리고, 이 모자 어떻게 좀 안 될까요? 스텝한테는 제대로 된 정장을 부탁해 놓았는데……."

테루는 털실로 짠 모자를 쓰고 있었다. 복장은 샐리의 것을 빌려 입어 그럭저럭 단정한 편이었지만 머리는 여전히 도토리 모양이었다.

"모자를 안 쓰고 밖에 나가면 경기를 일으켜서요."

테루가 말했다.

진행자는 이상하다는 표정으로 나를 쳐다보았다. 마치 호소하는 듯한, 뭔가 말하고 싶은 눈빛이었다. 나는 이상한 예감이 들었다.

"생판 모르는 남인 내가 이렇다 저렇다 참견할 건 아니지만, 저 사람, 정상적인 작업을 한다는 게 좀 무리 아닌가요?"

그는 목소리를 낮추지도 않고 테루를 마치 어른의 대화를 이해하지 못하는 어린아이 취급하듯 내게 말했다.

"잘할 수 있어요."

"그런가요? 지금까지는 어떤 일을 했었나요?"

"세탁소에서 옷이 도난당하지 않도록 지키는 일을 했어요."

테루가 웃으며 말했다.

진행자는 테루에게서 시선을 거두며 어이가 없다는 표정으로 실내를 둘러보더니 다시 나를 바라보았다.

"사실은 이렇게까지는 하고 싶지 않지만 뭔가 신분을 증명할 만한 서류를 우리한테 제출해 줄 수 없을까요?"

"무슨 말씀인지……?"

"확실한 책임자가 없는 한 우리 입장으로서도 앞으로 어떻게 할 수가 없어요."

막상 그 말을 듣고 보니 우리의 책임자가 누구인지 나도 알 수가 없었다. 고용하는 입장에서 보면 당연히 불안할 것이다.

"어제도 불미스런 사고가 있어서요. 모두가 신경이 곤두서 있어요."

"사고라니, 무슨 일인데요?"

"들치기……. 대기실에 있던 신부의 물건이 도난당했어요. 아니 그렇다고 해서 그런 일과 연관 지으려는 건 아니지만, 만일 무슨 일이 생기면 우리 입장이 난처해지니까요. 간단한 것이면 되니까……."

내 안에서 분노와 슬픔이 동시에 끓어올랐다. 그러나 그 감정들을 말로 표현할 수는 없었다. 나는 조용히 고개만 끄덕일 뿐이었다.

3 트럭을 길 옆에 세워 놓고 우리는 편의점에서 산 빵과 주스를 먹었다. 급하게 서두르는 바람에 아침밥도 못 먹고 집을 나선 것이었다. 이것이 오늘 첫 식사였다. 손에 잡히는 대로, 생각나는 대로 샀지만 사실 뭘 먹고 싶은 기분은 아니었다.

창밖에는 전차의 조차장이 보였다. 역도 없이 넓은 공터에 정차하고 있는 전차의 모습은 차례를 기다리며 짧은 휴식을 취하고 있는 것 같았다. 긴 여행 뒤에 지친 몸을 풀기 위해 깊은 잠에 빠져 있는 것처럼 보이기도 했다. 먼 거리를 오가며 덜커덩덜커덩 흔들리는 것은 사람들뿐만 아니라 전차도 마찬가지라는 생각이 들었다. 그래서 나는 그들에게 돌아올 차례가 조금이라도 더 늦어졌으면 하는 마음이 들었다.

수십 대가 일렬종대로 늘어서 있는 알록달록한 전차들 속에서 어디선가 본 적이 있는 듯한 전차 한 대가 구석에 숨어 있었다. 색깔과 모양으로 보아 아마도 우리가 도쿄로 돌아올 때 탔던 전차인 것 같았다. 저 전차를 타면 다시 그곳으로 돌아갈 것이다. 향수에 젖은 것은 아니지만 나도 모르게 그런 생각을 했다.

"실패하고 말았어."

테루가 주스를 다 마시고 나서 말했다.

"하지만 멋진 결혼식이었어."

나는 창밖의 경치를 바라보던 시선을 거두고 먼 옛일을 그리워

하듯 떠올렸다.

"모두가 울고 있었어."

"응, 울고 있었어."

우리의 실수와는 상관없이 결혼식은 감동적이었다. 딸을 보내는 아버지의 감정이 이입된 사람들, 시집 가는 딸의 감정이 이입된 사람들, 그리고 그 아름다운 광경에 이끌리듯 눈물을 흘린 수많은 사람들……. 그들 모두가 각자 나름대로의 감회에 젖어 따뜻하고 아름다운 하루를 보냈을 것이다. 결과야 어찌되었건 간에 우리는 그런 멋진 장면 속에 함께 있었다는 것만으로도 기뻤다. 그리고 일에 대한 열정이 더욱 끓어오르고 있는 자신을 느낄 수 있었다.

"우리도 결혼하자."

"뭐라구?"

"우리도 그렇게 결혼식을 올리자구."

나는 놀란 토끼처럼 눈을 동그랗게 뜨고 테루를 쳐다보았다.

"싫어?"

"그런 말, 그렇게 쉽게 하지 마."

나는 웃으면서 그 말을 아무렇지 않은 듯 흘려 보냈다. 그의 말이 진심이라거나 농담이라는 것이 아니라 특별히 대답할 필요도 없는 그만의 혼잣말이라고 생각했기 때문이었다.

"잠깐 기다려 봐. 우리가 결혼하면 누가 비둘기를 날려 주지?"

테루는 잠시 생각에 잠겼다.

"그래, 우리가 하면 돼. 우리 결혼식에 우리가 비둘기를 날리는 거야. 좀더 연습을 해서 비둘기가 금방 내려오지 않도록 깃대 흔드는 법을 잘 배워 둬야겠어."

"잘되면 좋겠네."

"꼭 잘될 거야."

우리는 확인이라도 하듯 서로를 바라보며 웃었다. 뭘 확인하는 것인지는 모른다. 하지만 그곳에는 분명 두 사람의 미래가 있었고, 이대로는 끝나지 않겠다는 서약 같은 것이 있었다.

밤이 되자 우리는 늘 그랬듯이 한 침대에서 몸을 웅크리고 있었다. 물론 다른 방도 많이 있었고 이불이 없었던 것도 아니었지만 샐리가 있는 동안은 물론 그가 떠난 후에도 우리 둘은 당연한 일처럼 같은 침대를 썼다. 최근 들어서야 겨우 잠을 자게 되었는데 오늘은 웬일인지 순순히 잠이 오지 않았다. 어쩌면 오늘 있었던 사건들이 마음에 걸렸기 때문일 것이다.

나는 그를 깨우지 않으려고 조심스럽게 일어나서 가방에서 약을 꺼냈다. 달빛에 비친 테루의 잠든 얼굴을 살짝 들여다보았다. 소년 같기도 하고 그 나이에 걸맞은 성인으로도 보였다. 그가 옆에서 자고 있다는 것이 크나큰 안도감을 주었다. 그런 감정은 결코 아무에게서나 느껴지는 것은 분명 아니었다. 역시 테루라는 사람의, 받아들일 수도 내버릴 수도 없는 그런 미묘한 거리감이 나를 해방시켜 주었다. 그와 만난 후 분명 내 속에서 변화가 일어났다. 안팎을 향해 삐죽 튀어나온 바늘 끝이 조금씩 깎이고 무디어져 둥그스름해졌다. 그래서 그 뾰족한 바늘 끝으로 누군가에게 상처를 주지도 않고 내 자신에게 상처를 입히지도 않게 되었다. 그런 당연한 사실에 내 몸이 조금씩 순응해 가고 있는 것을 느꼈다.

시계 바늘이 새벽 1시를 가리켰다. 손바닥에 놓인 정제를 물끄러미 바라보다가 나는 그것을 다시 가방에 집어넣고 누웠다. '더 이상 약에 의존하지 말자.' 그렇게 마음속으로 다짐하고 테루가 덮고 있는 이불 속으로 파고들어 갔다.

4 다음날 우리는 시청으로 갔다. 신분증명서를 제출하라는 말을 듣기는 했지만 막상 테루에게는 운전면허증은 물론 보험증서 하나 없었다. 그래도 주민증만은 바로 발급받을 수 있다고 생각했기 때문에 이곳에 온 것이다.

담당 부서에서 신청 용지를 받아 테루가 서류를 작성했다. 이름, 생년월일, 주소를 쓰는 난이 있었다. 그런데 생년월일 난에서 벌써 테루의 손이 멈춰지고 말았다. 그는 스무 살이라는 나이는 알고 있었지만 생일이 언제인지는 모르고 있었다. 몇 년 몇 월 며칠에 태어났는지, 거기서부터 다시 시작하지 않으면 안 되었다. 하지만 자신의 생년월일을 알아보는 부서가 있다는 소리를 들은 적이 없기에 우리는 다시 막막해졌다. 의자에 앉아 이것저것 고민해 보았지만 방법을 찾을 수가 없었다. 잠시 후에 나는 한 가지 의문점을 테루에게 물어 보았다.

"어떻게 생일은 모르면서 자기 나이는 알고 있어?"

"수첩에 적혀 있어서……."

수첩이란 테루가 예전부터 무슨 일이 있을 때마다 주머니에서 꺼내 끄적거리던 것이었다. 중요한 사실을 잊어버렸을 때 당황하지 않도록 할머니의 명령으로 습관을 들이기 시작했다고 했다. 나는 테루한테서 수첩을 받아 들고 펼쳐 보았다. 깨알 같은 글자가 종이에서 삐쳐 나올 것처럼 빽빽이 적혀 있었다. 지금까지 만난 사람들, 지금까지 일어난 사건들, 거기에 대해서 테루가 느꼈던 점들이 적혀 있었다. 그것들을 읽어 보니 테루의 모든 생활이 손에 잡히듯 훤히 보였다.

"수첩은 이거 하나밖에 없어?"

"가득 차면 새것으로 바꿔."

지금까지 사용해 온 과거의 수첩들을 지금은 갖고 있지 않았다. 어디 있는지 잊어버린 것 같았다. 지금은 출입이 금지된 할머니의 집 어딘가에 남겨져 있을 터였다. 나는 다시 수첩을 훌훌 넘겨 보다가 마지막 페이지에서 테루의 것과는 다른 글씨체를 발견했다. 그곳에는 이름과 생년월일 등이 적혀 있었다.

"이건 뭐야?"

"할머니가 써줬어."

테루가 옆에서 들여다보며 말했다.

"수첩이 새로 바뀔 때마다 할머니가 써줬어."

그곳에는 테루가 전에 살던 집 주소가 적혀 있었다. 그리고 그 밑에 병원의 주소와 전화번호가 적혀 있었다.

"병원에 다녔었어?"

"기억이 안 나."

나는 병원이라는 단어가 마음에 걸렸다. 아마도 그의 머리에 있는 상처와 무슨 관계가 있는 것 같았다. 그렇다면 그 병원이 테루의 과거를 알 수 있는 실마리가 될지도 모른다. 하지만 과연 그럴 필요가 있을까. 과거를 아는 것이 그렇게 중요한 일일까. 나는 손에 든 수첩을 한참 노려보며 혼자 그런 생각을 하고 있었다. 그러자 테루가 말했다.

"전화를 걸어 볼까?"

우리는 시청 입구 옆에 있는 공중전화 박스에서 그 병원에 전화를 걸어 보기로 했다. 긴장으로 조금 딱딱해진 손가락으로 수첩에 적힌 숫자를 하나하나 꾹꾹 눌렀다. 신호음이 여러 번 울렸지만 전화를 받지 않았다. 나는 포기하고 수화기를 내려놓았다.

"없는가 봐. 아무도 안 받아."

"나, 거기 가고 싶어."

테루가 나를 바라보며 말했다.

"가서 어쩌려고?"

"나에 대해 알고 있는 사람이 있는지도 모르잖아. 그러면 내가 누군지 알 수 있잖아."

테루가 자신에 대해 알고 싶어한다는 것을 나는 처음 알게 되었다. 자신의 태생에 대해 누군가가 물었을 때 그저 모른다는 대답으로 일관했던 테루가 자신의 과거에 흥미를 갖게 된 사실에 나는 놀랐다. 어쩌면 지금까지 계속 생각하고 고민해 왔지만 해결할 방법을 찾지 못해 입 밖으로 표현하지 못했을 뿐이었는지도 모른다는 생각이 들었다. 거기까지 생각이 미치자 그것은 놀랄 만한 사실이 아니라 인간이 가질 수 있는 지극히 당연한 감정이라는 생각이 들었다.

"자, 그만 가자."

주소를 보니 여기서 그리 멀지 않은 것 같았다. 하지만 나는 곧바로 대답하지 못하고 잠시 테루의 얼굴을 말없이 바라보았다.

5 테루의 생각은 여전히 변함이 없는 것 같았다. 그래서 우리는 수첩에 적힌 주소지로 직접 찾아가 보기로 했다. 자동차로 한 시간 가량 달리자 예상대로 그리 멀지 않은 조용한 주택가에 그 병원이 있었다.

신축 건물들이 속속 들어서는 가운데 그곳만이 시간이 멈추어 버린 듯한 낡고 작은 병원이었다. 건물은 벽면 가득 담쟁이 덩굴로 뒤덮여 있었다. 병원이라기보다는 진료소라고 하는 편이 더 나을 듯한 분위기였다. 길 옆에 트럭을 세우고 곧장 뛰어갔더니 문 밖에 걸려 있는 '휴진'이라는 간판이 우리를 기다리고 있었다. 문을 탕탕, 여러 번 두드려 보았지만 안에서는 아무런 반응이 없었다. 주변을 돌아보자 병원이 사택과 연결되어 있다는 것을 알 수 있었다. 정원수로 뒤덮인 길 옆 좁은 길은 사택 입구로 이어져 있었고 분명 사람이 살고 있는 흔적이 보였다. 일부러 여기까지 찾아온 이상 우리는 일단 안으로 들어가 보기로 했다.

초인종을 누르자 잠시 후에 현관 쪽 2층 창문이 열렸다. 안에서 얼굴을 내민 금발의 남자는 아무 말도 하지 않고 우리를 내려다보았다.

"실례합니다!"

내가 먼저 말을 걸었다.

그는 역시 아무 말도 하지 않고 나를 쳐다보았다. 방 안에서는 볼륨을 한껏 높인 스테레오에서 댄스곡이 쿵쾅쿵쾅 흘러나왔다. 내 목소리는 자연스럽게 한 톤 높아졌다.

"예전에 이 병원에 신세를 진 사람인데요……."

"써 있잖아요, 휴진이라고!"

남자의 퉁명스런 대답에 우리는 더욱 낙담했다.

"이야기라도 좀 들어 주셨으면 하는데요."

"아버지가 곧 돌아오실 거예요."

나는 잠시 생각하고 나서 현관 쪽을 가리키며 말했다.

"이 근처에서 기다려도 될까요?"

"마음대로 하세요."

남자는 귀찮은 듯 그렇게 말하고 나서 방으로 들어갔다.

우리는 그의 뒷모습을 바라보며 앞쪽 길을 걸었다. 그러자 남자가 다시 창문으로 얼굴을 내밀고 턱으로 테루를 가리키며 물었다.

"신세를 졌다는 거, 그쪽 얘기?"

"그래요."

테루가 대답했다.

남자는 잠시 테루를 바라보았다.

"그렇군."

그는 그 말만을 남기고 창문을 닫고 방 안으로 완전히 들어가버렸다.

그가 왜 테루를 가리키며 그렇게 말했는지 의아했다. 그것이 우리 두 사람의 관계 때문인지, 테루의 외모 때문인지는 모르겠지만 그가 테루에 대해 무언가를 느끼고 있는 것이 분명했다. 분명 뭔가가 있다는 생각이 강하게 들었다.

그런 생각도 잠시, 조금 후에 초로의 남자가 돌아왔다. 개를 데리고 산책을 다녀온 듯 커다란 세인트버나드 종의 개를 데리고 있었다. 그가 이 병원의 의사라는 것을 금방 알 수 있었다. 휴진 중이라 편안한 일상복을 입고 있었지만 턱수염을 기르고 당당하게 걸어오는 모습은 역시 의사 선생님다웠다. 아버지와 아들이 이렇게 다를 수 있을까 하고 생각하며 매정하게 닫힌 창문을 나도 모르게 다시 한 번 올려다보았다.

"무슨 일이십니까?"

그는 가던 걸음을 멈추고 천천히, 공손한 말투로 말했다.

"전에 이 병원에서 신세를 진 적이 있는데……, 잠시 여쭤 볼 말이 있어서요."

그는 급작스러운 우리의 출현에 당황하는 기색을 보였다.

"아, 그러세요? 그럼 잠시 안으로 들어오시죠."

그는 현관문을 열고 안으로 들어갔다.

의사의 안내로 들어간 곳은 영국풍의 가구와 외제 장식품으로 가득한 넓은 거실이었다. 중세의 부인들을 모델로 그린 그림과 거실 중간에 드리워진 샹들리에, 아르데코 풍의 벽지는 몇 십 년 동안 한 곳에 계속 살았다는 것을 말해 주고 있었다.

우리는 오랜 시간에 걸쳐, 우리가 아는 한도 내에서 모든 것을 의사에게 설명했다. 할머니와 살았다는 이야기와 맨홀에 빠진 일, 그리고 세탁소에서 일한 일 등……. 그리고 부모님의 행방을 알 수 없다는 이야기까지도……. 수첩을 한참 동안 들여다보던 의사는 비로소 고개를 들어 테루의 얼굴을 자세히 들여다보았다. 그리고 나지막이 입을 열었다.

"아, 자네였군."

"저를 알고 계세요?"

소파 깊숙이 등을 기대고 있던 테루가 몸을 앞으로 쭉 내밀며 물었다.

"글쎄, 뭐 조금은……."

"어떻게요?"

"자네 아버지와 알고 지냈지. 그래서 자네도 기억하고 있어."

의사는 흥분하는 테루와는 달리 담담하게 말했다.

"저의 아버지를 아신다고요?"

"음, 전에⋯⋯."

"저의 아버지⋯⋯."

테루는 그렇게 중얼거리더니 기분이 이상하다는 표정으로 나를 바라보았다. 자신의 부모가 존재한다는 사실이 좀처럼 실감이 나지 않는 모양이었다.

"그 사람, 지금 어디 있어요?"

"글쎄⋯⋯, 잘 모르겠네. 벌써 옛날 얘기지."

"얼마나 지난 옛날이죠?"

"십 년도 넘었지."

"흠⋯⋯."

테루는 앞으로 내민 몸을 다시 소파 깊숙이 파묻었다. 그의 대답이 기대에 어긋나자 조금 실망한 낯빛이었다.

"그 사람, 어떤 사람이에요? 좋은 사람이에요? 아니면 나쁜 사람?"

테루는 소파에 기댄 채 물었다.

"글쎄, 뭐라고 해야 하나. 어려운 질문이군. 인간은 누구나 좋은 점과 나쁜 점을 다 가지고 있지. 한마디로 어떻다고 말할 수는 없군."

"흠……."

"알고 싶은 게 그것뿐인가?"

"저에 대한 것은요?"

"무슨 말인가?"

테루는 잠시 생각에 잠겼다. 알고 싶은 것이 너무 많아 정리가 잘 안 되는 것 같았다. 테루가 모르는 사실이 너무 많은 것이 분명했다. 거기에 하나하나 순서를 정해서 질문하는 것 자체가 무리인지도 모른다.

"제가 왜 맨홀에 빠졌나요?"

의사는 테루의 이상야릇한 질문을 듣고는 테루를 계속 쳐다보다가 대답했다.

"잘 모르겠군. 자네가 이곳에 온 것은 치료 때문이 아니었어. 자네가 다친 것에 대해서는 잘 모르겠네."

"조금 전에도 말했듯이 내가 자네를 기억하고 있는 것은 자네 아버지와 알고 지냈기 때문이야. 그때 자네는 아직 어린아이였고 자주 만난 것도 아니었지. 그래서 자네에 대해서는 자세히 기억이 안 나. 미안한 얘기지만……."

의사의 기억력은 확실치가 않아서 더 이상 물어 봐야 소용이 없을 것 같았다. 어쩌면 그가 말했듯이 기억을 상실할 정도로 머리에 큰 상처를 입었다 해도, 이런 말하면 좀 뭣하지만, 이렇게 작은 진료소에 왔을 리가 없다. 의사는 벽에 걸린 시계를 천천히 쳐다보더니 수첩을 테루에게 돌려주며 말했다.

"미안하지만 약속이 있어서……. 이제 그만 일어날까?"

그는 의자에서 몸을 일으켰다.

"저의 어머니는 어떤 사람이었나요?"

테루가 물고 늘어지듯 말했다.

"자네 어머니는 잘 알지 못하네."

너무나 싱거운 대답에 테루는 한층 더 불만스러운 표정을 지으며 고개를 떨구었다.

"이제 됐나?"

의사는 다시 일어났고 우리는 뭔가 개운치 않은 기분을 안은 채 거실을 나왔다.

결국 의사로부터 테루의 과거와 부모님에 대한 정보 얻기에 실패한 우리는 헛걸음을 친 셈이었다. 트럭에 올라타긴 했지만 뭔가 석연치 않은 느낌 때문에 좀처럼 출발할 수가 없었다.

"아는 게 별로 없었어. 글쎄 기억하는 게 거의 없다니까."

테루가 뿌루퉁한 얼굴로 중얼거렸다.

기대가 어긋나서 불만인 것은 알겠지만 그가 남의 기억력 운운

한다는 것이 좀 우스운 생각이 들어 나는 피식, 웃고 말았다. 창밖으로 눈을 돌리자 공원에서 왁자지껄 놀고 있는 아이들이 보였다. 여자 아이들 여럿이 즐겁게 자전거를 타며 놀고 있었다.

"미즈에는 어렸을 때 어떤 아이였어?"

테루가 아이들을 바라보면서 물었다.

"글쎄, 어땠을까?"

느닷없는 질문에 나는 과거로 생각을 되돌려 보았지만 재미있었던 일이나 사건이 생각나지 않았다. 다만 한 가지, 어떤 한 가지 사실이 머리 속에 떠올랐다.

"이상한 게 생각났어."

"뭔데?"

"어렸을 적 얘기."

"어떤 얘기?"

"나는 잘 넘어졌어. 매일 뛰어다니면서 놀았기 때문에 잘 넘어졌지. 넘어져서 엉엉 울며 피를 흘리면서 집에 돌아오면 부모님께 혼나고……. 그래서 두 번 다시는 넘어지지 말자고 다짐했어."

테루가 즐겁다는 듯이 웃었다.

"하지만 넘어질 때는 내가 늘 즐거울 때였어. 너무 즐거워서 거기에 열중한 나머지 그곳에 위험이 도사리고 있다는 사실을 몰랐던 거지. 그래서 가능한 한 즐거워지지 않으려고 노력했어. 한심하게도 말이야."

생각해 보면 사실 참 한심한 이야기다. 즐거운 일을 피해 살아
간다는 것은 정상적인 아이가 할 수 있는 상식적인 생각이 아니
었다.

"한심한 아이!"

테루가 내 말투를 흉내 내며 말했다.

우리는 서로의 얼굴을 쳐다보며 소리 높여 웃었다. 그때 갑자기
누군가가 트럭 창문을 세차게 두드렸다. 놀라서 쳐다보니 병원 2
층에서 머리를 내밀었던 그 금발의 남자였다. 그가 차 안쪽을 들
여다보고 있었다. 손을 마구 돌리는 시늉을 하는 것으로 보아 창
문을 여는 뜻인 것 같았다. 나는 그의 말대로 창문을 열었다.

"데려다줄 수 있어."

남자가 테루를 보며 말했다.

"네 아버지가 있는 곳 말야."

6 그 남자는 자신을 겐지라고 소개했다. 우리는 트
럭을 두고 그의 차에 탔다. 10분 정도 달리자 앞쪽으로 단층집 한

채가 보였다. 주변은 황폐한 밭으로 둘러싸여 있었고 그 가운데 집만 하나 덜렁 놓여 있었다. 자동차는 엔진의 시동을 건 채로 그 집에서 조금 떨어진 길 옆에 세웠다.

"저기……."

겐지가 턱으로 그 집을 가리켰다.

"내려."

우리는 급박하게 돌아가는 상황을 이해하지 못한 채 그 집을 물끄러미 바라보며 움직일 줄을 몰랐다. 백미러에 비친 테루의 얼굴도 여느 때와는 달리 굳어 있었다.

"만나고 싶지 않아?"

겐지의 강한 말투에 테루가 천천히 문을 열고 차에서 내렸다. 나도 테루를 따라 내리려고 했지만 겐지가 손으로 제지했다.

"혼자 갈 수 있지?"

겐지가 테루에게 말했다.

테루는 말없이 나를 바라보다가 이내 고개를 작게 끄덕이더니 그 집을 향해 걸어갔다. 대문 초인종을 눌렀지만 안에서는 인기척이 나지 않는 것 같았다. 나는 그 모습을 바라보며 겐지에게 물어보았다.

"도대체 무슨 일이에요?"

"듣고 싶어요?"

겐지가 돌아보며 물었다.

"신문에는 '빚에 몰린 일가족 자살'이라는 표제가 붙었었지."

나는 무슨 말인지 몰라 잠자코 있었다.

"자동차가 통째로 바다에 뛰어들었어. 부부와 아이, 그렇게 세 명이 그 안에 있었지. 이 마을 사람은 모두, 사실 우리 아버지도 다 알고 있어. 하지만 모두가 하나같이 돈 빌려 주기를 거절한 인간들이지. 그래서 아무도 이 사실에 대해 말하고 싶지 않은 거야. 참, 더러운 인간들이야!"

나는 눈앞이 하얘졌다. 내가 지금 어디에 있으며 누구의 이야기를 듣고 있는지 도무지 알 수가 없었다.

"하지만 결국 그때 죽은 것은 아이 엄마였고 아들과 아버지는 살아났어. 아버지는 한쪽 다리가 마비되어 절뚝거리면서 다니지만 자기 마누라는 죽이고 자식은 저렇게 만들어 놓았어. 거기에 비하면 다리 한쪽 저는 것쯤이야 아무것도 아니지."

겐지의 말을 듣고 있자니 눈앞으로 하나의 영상이 펼쳐졌다. 나는 지금 터무니없이 무서운 이야기를 듣고 있는 것이었다.

"그뿐만이 아니지만……."

겐지는 차가운 눈초리로 웃었고, 손톱을 물어뜯으면서 말을 이어갔다.

"저 녀석의 아버지와 우리 아버지가 친구였다는 것은 사실이야. 사건이 일어나기 전부터 잘 알고 지냈지. 그래서 지금은 저 녀석 아버지의 보호자가 되었지만……."

"보호자라니요?"

"저 친구의 아버지도 혼자 살아갈 수 없다는 뜻이야."

그는 의미심장한 웃음을 띠며 말했다.

"기억을 잃었어, 그의 아버지도……."

"사고 후유증으로 치매 증세까지 와서 좋지 않았던 일은 아무 것도 기억 못 하지. 자기한테 자식이 있다는 것도 모르고 있어."

내 안에서 서로 엉켜진 실타래가 서서히 풀려 가고 있는 느낌이 들었다. 그러나 그것은 어려운 퍼즐을 완성시킨 후의 개운한 느낌 과는 다른, 오히려 반대의 느낌이었다. 완성된 퍼즐이 망가지는 광경을 지켜보고 있는 듯한 허무함과 억울함이 뒤섞인 느낌이었 다. 그는 이야기를 멈추더니 다시 손톱 밑의 살 껍질을 물어뜯었 다. 그는 다시 나지막이 말했다.

"저 녀석, 사실 내 초등학교 동창이야. 머리가 아주 좋은 녀석이 었지. 공부도 무척 잘해서 머리 나쁜 나를 많이 가르쳐 주곤 했어. 난 녀석이 부러웠어."

발소리에 눈을 돌리자 테루가 창밖에 서 있었다. 이번에도 역시 낙담한 얼굴이었다. 그의 얼굴에 그렇게 쓰여 있었다. 나는 가슴 의 동계를 필사적으로 억누르며 차에서 내렸다.

"아버지가 안 계셔."

테루가 나를 바라보았다.

"일 나가신 게 분명해."

나는 무슨 대답을 해야 할지 몰라 가만히 있었다.

테루는 잠깐 동안 생각에 잠기더니 마침내 표정을 바꾸고 말했다.

"하는 수 없지, 뭐. 아무튼 고맙습니다."

테루는 겐지에게 인사를 하고 걸어갔다. 나도 그의 뒤를 따라 걸었다.

"차 타고 가."

겐지가 뒤에서 외쳤다.

우리는 아무 대답도 하지 않은 채 말없이 계속 걸었다.

"나, 생각해 봤어. 아버지가 왜 나랑 같이 살지 않는지……."

먼저 입을 연 것은 테루였다. 우리는 오랫동안 아무 말도 하지 않고 하염없이 걸었다.

"분명히 창피한 거야. 내가 뭐든지 잘 잊어버리고 모자란 게 창피한 거야."

"그렇지 않아."

내가 할 수 있는 말은 그 정도뿐이었다. 달리 무슨 말을 해도 거짓말이 되기 때문이었다. 설사 비겁해진다 해도 그에게 거짓말만은 하고 싶지 않았다. 하지만 진실을 이야기하기에는 내게 주어진

짐이 너무 무거웠다. 나는 어찌할 수 없는 멍에를 짊어지고 혼자서 고민하느라 몸서리가 쳐졌다.

조금 더 걷다 보니 강변길이 나왔다. 트럭이 있는 곳으로 돌아가려다 길을 몰라 전전긍긍하고 있을 때였다. 저편에서 낚시를 하고 있는 중년 남자가 보였다.

"내가 물어 보고 올게."

테루가 남자에게 달려갔다. 나는 그 뒤를 따라 걸어갔다.

"죄송합니다. 여기가 어디쯤이에요?"

테루가 수첩을 펼쳐 마지막 페이지를 보여 주었다.

남자는 잠시 생각한 후에, 손가락으로 방향을 가리키며 말했다.

"강을 따라 이쪽으로 쭉 가면 나올 것 같은데……."

"고맙습니다."

남자는 주름이 깊이 패인 얼굴로 웃으며 인사를 받은 후 수면 위에서 흔들거리는 낚싯대로 시선을 돌렸다. 나는 그 평화로운 광경을 보며 샐리 아버지의 이야기를 떠올렸다. 그 이야기를 부러운 듯 열심히 듣던 테루의 모습도 함께 떠올랐다.

"고기 많이 잡으셨어요?"

테루가 남자의 등을 향해 물었다.

"음, 오늘은 많이 잡았지."

의기양양한 남자의 대답을 듣고 우리는 양동이 속을 들여다보았다. 그런데 이상하게도 양동이 속은 텅 비어 있었다.

"고기가 한 마리도 없잖아요."

"응?"

남자는 양동이를 들여다보더니 의아한 표정을 지었다.

"어라? 어디로 갔지?"

"도망가버렸나 봐요."

테루가 웃으며 말했다.

"맞다. 도망가버렸어!"

남자도 이를 드러내며 큰소리로 웃었다.

"오늘은 그만해야겠다."

그렇게 말하며 들어올린 낚싯바늘에는 미끼가 끼어 있지 않았다. 남자는 낚시 도구를 정리하고 걸어갔다.

"안녕히 가세요."

우리는 멀어져 가는 그를 배웅하며 서 있었다. 뭔가 부자연스러운 느낌에 자세히 보니 그는 한쪽 다리를 절고 있었다. 테루는 그 모습을 안타깝게 바라보더니 그에게 물었다.

"다리가 왜 그래요?"

"아, 좀 다쳤어."

남자는 뒤를 돌아보며 말했다.

"아파요?"

"괜찮아. 지금은 아프지 않아."

그 말을 듣고 테루는 안도의 표정을 지었다.

"조심하세요."

"그래, 고마워."

"안녕히 가세요."

우리는 다시 웃는 얼굴로 인사를 나누고 헤어졌다. 잠시 걷다가 나의 뇌리를 스치는 것이 있어 깜짝 놀라 뒤를 돌아보았다.

'한쪽 다리를 저는 중년의 남자…….'

그의 모습은 어느새 사라지고 없었다.

7 그날 밤, 이상하게도 테루는 밤늦게까지 깨어 있었다. 말은 하지 않았지만 마음속으로부터 뭉글뭉글 피어 오르는 감정을 주체하지 못하고 있다는 것을 그의 표정으로 충분히 읽을 수 있었다. 심란하기는 나도 마찬가지였다. 이미 알아버린 사실을 그에게 말해야 할지 말아야 할지, 돌아오는 내내, 그리고 지금까지도 고민하고 있다.

계속 켜놓은 TV 화면에서는 코미디 프로가 한창 진행되고 있었다. TV에 나오는 코미디언들은 모두가 즐거운 듯 관객을 향해 자신이 보여 줄 수 있는 최대한의 웃음을 선사하려 했다. 세면기에 머리를 처박는가 하면 필요 이상의 과장된 몸짓으로 관객을 웃기려고 했다. 마치 그들에게 고민 따위는 하나도 없다는 듯 그렇게 행동했다. 물론 TV 화면에서만 보여지는 모습일 뿐, 그것이 현실의 모습은 아닐 것이다. 현실은 아무리 채널을 돌린다 해도 그 상황을 지울 수가 없고, 우리 생활에 밀착된 채 떨어질 줄을 모른다. 나는 오늘 일어난 사건이 TV 속의 한 장면이었으면 얼마나 좋을까 하는 헛된 소망을 가슴에 품으며 정신없이 떠드는 화면에서 시선을 거두었다.

"할머니다!"

옆에서 테루가 말했다.

화면에는 할머니 분장을 한 남자 코미디언이 등장하여 입 속에서 틀니를 꺼내 흔들고 있었다. 주변 사람들은 비명을 지르며 여기저기 흩어져 도망다니고, 할머니는 틀니를 다시 입 속에 집어넣고 이리저리 끼워 맞추면서 그들을 따라다녔다.

"우리 할머니랑 닮았다."

테루가 큰소리로 웃었다.

남자가 연기하는 할머니 특유의 제스처와 기묘한 동작들은 관객을 웃음의 도가니로 몰고 갔다. 나 역시 그 모습을 보고 웃지 않을 수 없었다. 할머니는 음식 배달을 온 청년의 등에 등마를 타더니 틀니를 코에 걸었다. 청년은 살려달라고 비명을 지르며 싹싹 빌었다. 객석이 더욱 후끈하게 달아오르자 할머니의 틀니는 다른 대상을 물색하러 달려가다가 마침내 객석으로 뛰어들었다. 장내는 아수라장이 되었고 관객이 하나둘씩 희생물이 되어 가는 광경을 바라보며 우리는 어느새 모든 것을 잊은 채 배를 움켜쥐고 웃었다.

그날 밤 우리 둘은 이불 속에서 오늘 하루 있었던 일을 되돌아보았다. 결국 아무것도 변한 것이 없다고 낙심하다가도, 괜찮아, 하며 낙관적인 생각도 해보았다. 테루와 나는 그 얘기만 되풀이하다 잠이 들었다.

8장

인형이 꽈당, 소리를 내며 쓰러졌다.
나는 그것을 다시 세우려고
황급히 손을 뻗다가 그대로 얼어붙고 말았다.

1 다음날, 예정된 일이 없어서 아침을 늦게 먹고 우리는 각자 맡은 일을 시작했다. 비둘기에게 먹이를 주는 일과 새장 청소가 테루의 담당이었고 나는 설거지와 빨래를 했다.

나는 언제부터인가 빨래가 좋아졌다. 집에 있을 때는 엄마에게 맡긴 채 거들떠보지도 않던 일이었지만 요즘 들어 손에 세제나 물이 닿는 감촉을 즐기게 되었다. 그 덕분에 옷을 갈아입기를 귀찮아하는 테루의 셔츠를 억지로 빼앗아 세탁기 속으로 던져 넣기도 했다.

2층으로 이어지는 경사가 급한 계단을 올라가서 세탁물 바구니를 들고 발코니로 나가니 꽃향기가 물씬 풍겨 왔다. 집 뒤편은 덤불로 뒤덮여 있었는데 어딘가에서 새로운 꽃이 피기 시작한 것 같았다. 코끝을 간지럽히는 강한 향기였다.

나는 세탁기에서 막 꺼내 온 셔츠와 수건을 하나씩 널었다. 처음 이곳에 왔을 때는 입고 있던 옷 한 벌뿐이었다. 그러나 지금은 계절에 맞추어 골라 입을 만큼 가짓수가 늘어났다. 어쩌면 우리가 생활을 하고 있다는 것을 실감하는 때는 이렇게 지극히 당연한 사실을 새삼 깨닫게 되는 때인지도 모른다. 남들보다 특별할 것도 없고 누구에게 들려줄 만큼 재미있는 사건이 일어나지 않는다 해도 우리는 확실히 하루하루를 살고 있고 조금씩이기는 하지만 착실하게 전진하고 있었다.

"와, 끝났다!"

빨래를 다 널어 놓고 나서 하늘을 올려다보았다. 하늘은 나도 모르게 미소가 지어질 만큼 구름 한 점 없이 맑았다. 마음은 어느새 바깥을 향해 달려가고 있었다. 나는 난간에서 몸을 빼고 새장 안에서 모이를 주고 있는 테루를 향해 큰소리로 말했다.

"여기, 나 좀 봐!"

철망 너머로 테루가 나를 올려다보았다.

"우리 공원으로 산책 나가지 않을래?"

테루는 나의 제안에 순간 당황하는 기색을 보였지만, 이내 큰소리로 말했다.

"그래, 가자!"

그 소리에 놀란 비둘기가 일제히 파닥거리며 날갯짓을 했다. 테루도 그 소리에 놀라 도망치듯 새장에서 나왔다. 발코니에 불어 들어온 바람이 일렬로 늘어선 빨래를 한바탕 흔들어 놓자 주변은 꽃향기 못지 않은 세제의 부드러운 향기가 가득 넘쳤다.

우리는 강변을 따라 제방길을 걸으며 분수가 있는 공원으로 갔다. 커다란 탑에서 여러 개의 물줄기를 뿜으며 올라오는 분수 옆에는 물놀이를 하고 있는 아이들과 한가롭게 그 모습을 지켜보는 엄마들이 여럿 앉아 있었다. 그들의 얼굴은 흔들리는 물에 반사되어 반짝반짝 빛났다. 물 위에 오리 인형을 띄우는 데 열중한 나머지 머리에서 떨어지는 물세례를 받으며 비명을 지르는 아이도 있었다. 분수를 지나 짧은 계단을 올라가니 춤 연습을 하고 있는 청년들이 보였다. 하나같이 똑같은 옷을 입고 카세트에서 흘러 나오는 곡에 맞추어 일렬로 섰다가 다시 모이기를 반복하며 땀에 흠뻑 젖어 뛰어다녔다. 그 모습을 멀찌감치에서 구경하는 사람들, 공원 끝 벤치에 앉아서 라디오를 듣는 노인, 잔디 위에 뒹구는 커플, 그리고 스케치북에 열심히 그림을 그리는 할머니도 있었다. 우리는 아무것도 하지 않고 그저 사람들의 행복한 모습을 바라보면서 어슬렁어슬렁 공원을 가로질러 걸었다.

공원을 뒤로 하고 우리는 쇼핑객으로 북적대는 번화가로 나갔다. 인파 속을 헤치며 걷기는 실로 오랜만이었다. 전에는 느끼지 못한 것인데, 거리를 걷기 위해서는 흐름을 따라 일정한 리듬을 타는 것이 필요했다. 누가 정한 것은 아니었지만, 너무 빨라도 너무 느려도 사람들과 부딪히게 된다. 내 경우는 아직 빠른 편이었고 테루는 아까부터 여러 사람들과 부딪혀 계속 사과를 하느라 앞으로 전진하기는커녕 후퇴하고 있었다. 역시 그는 다른 사람들과는 어딘가 리듬이 다른 것 같았다.

중심 도로로 나오자 수입 상점들이 즐비해 있었다. 가게 안에 놓인 고풍스런 의자와 둥근 테이블이 안락한 분위기를 연출하고 있었다.

"안으로 들어가 볼까?"

"응."

우리는 빨려 들어가듯 커다란 나무 문을 열고 들어갔다.

2 가게 안은 생각보다 넓었고 마치 미술품 창고처럼 쥐 죽은 듯 고요했다. 천연 나무로 만든 커다란 가구와 침대, 천장에 매달린 샹들리에 등 영화에서만 보았던 고가의 물건들이 장소가 좁다는 듯 즐비해 있었다. 접시, 램프, 시계, 인형 등의 소품들도 사람의 손길을 거부라도 하듯 중후한 빛을 발하며 질서 정연하게 장식되어 있었다. 손님은 우리 외에 백발의 여자뿐이었는데 상품 주문이라도 하는 듯 카운터에서 점원과 두런두런 이야기를 주고받고 있었다.

가게 구석 쪽으로 가자 소파가 여러 개 전시되어 있었다. 그 모든 것들이 역사를 느끼게 하는 공들인 물건들로, 몇 십 년의 시간이 흘러도 그 존재감이 더욱 빛을 발할 그런 물건들이었다.

"이거 괜찮다. 우리 집에 딱 어울릴 것 같아."

그 말을 듣자 테루는 뛰어와서 소파 위에 털썩 주저앉았다.

"응, 좋아."

나는 조금 주저했지만, 소파는 앉기 위해 존재하는 것이라는 해석을 내 멋대로 내리고 테루 옆에 앉았다. 푹신하게 몸을 감싸는 감촉과 세심한 배려를 잊지 않은 품격 높은 디자인에 감탄하고 있는데 문득 목제 다리에 매달린 가격표가 눈에 띄었다. 거기에는 45만 엔이라고 쓰여 있었다.

"너무 비싸다. 사십오만 엔이나 해."

"그럼 돈을 더 모은 다음에 사러 오자."

테루가 아쉽다는 듯 그렇게 말하며 무릎을 쳤다.

우리 앞에는 커다란 테이블이 있었다. 테이블 상판에는 아름다운 무늬가 조각되어 있었고 모든 다리에도 조각 장식이 있었다.

"이거 좋다."

"응, 좋은데……."

이번에는 테루가 상판 뒤쪽에 붙은 가격표를 보았다.

"하지만 비싸. 십오만 엔이나 해. 이것 참, 이 가게에 있는 물건은 하나도 살 수가 없겠군."

실망한 빛이 역력한 테루의 얼굴을 보니 우습다는 생각이 들어 한 가지 재미있는 게임을 제안했다.

"자, 한번 상상해 봐."

"또 상상이군."

"상상해 봐. 지금은 무리겠지만 언젠가는 이 소파를 사서 앞에는 이 테이블, 그리고 바닥에는 이 카펫을 깔고 창문에 이 커튼을 치면 어떨까?"

테루는 처음에는 무슨 뜻인지 잘 모른 채 눈을 동그랗게 뜨고 놀란 표정을 지었다. 그러더니 차츰 내 말뜻을 이해했는지 일어서서 게임에 동참했다.

"자, 그럼 상상해 봐. 나는 이 시계를 벽에 걸고 이 스탠드를 놓는다."

문자판에 배 그림이 그려진 괘종시계와 초록색 전기 스탠드를 가리키며 내가 말했다.

"웅, 너무 멋져."

"상상해 봐. 그 다음에 반대쪽에 이 시계를 걸고 이거하고 이 스탠드를 놓는다."

"그럼 온통 시계랑 스탠드 투성이잖아."

우리는 웃었다.

테루는 더욱 쇼핑 게임에 열중해서 새로운 상품을 구하러 가게 안을 돌아다녔다. 나도 질세라 그 뒤를 따라 걸었다. 거울과 촛대, 화병 등 그 사용처나 놓을 장소 등을 생각하면서 우리는 이것저것 여러 물건들을 상상의 쇼핑 바구니 속에 집어넣었다.

"이것도 놓자."

테루는 갑자기 걸음을 멈추고 선반 위에 놓인 작은 유리 인형을 들어올렸다.

"예쁘다!"

크리스탈 유리로 만든 요정 인형은 등에 투명한 날개 두 개가 붙어 있었다. 실내 조명 불빛을 받아 오렌지색으로 빛나고 있어 마치 진짜 요정이 스스로 빛을 발하고 있는 듯했다. 우리는 잠시 그 사랑스럽고 기품이 넘치는 아름다움에 넋을 잃고 있었다. 마침내 테루는 그것을 대충 집어 선반에 다시 놓고 다른 코너로 갔다. 그때 그와 동시에 인형이 쫘당, 소리를 내며 쓰러졌다. 나는 그것을 다시 세우려고 황급히 손을 뻗다가 그대로 얼어붙고 말았다.

인형의 날개가 부러져 있었다. 뒤집어서 발밑에 붙어 있는 가격표를 확인해 보니 10만 엔이라고 적혀 있었다. 나는 얼굴이 창백해졌고 나도 모르게 주위를 둘러보았다. 카운터의 점원은 작업에 열중하느라 이 사실을 모르고 있는 것 같았다. 백발의 여인은 쇼케이스 안에 있는 컵을 구경하고 있었다. 가게 안은 여기저기를 구경하며 돌아다니는 테루의 발걸음 소리만 크게 울렸다.

"앞쪽도 보고 올게."

테루가 내 옆을 지나 밖으로 뛰어나갔다.

나는 그 모습을 확인하고 인형과 부러진 날개를 집어 들었다. 다시 한 번 뒤돌아서서 가게 안을 둘러보았다. 계속 작업을 하고 있는 점원과 여전히 컵을 구경하고 있는 백발의 여성뿐, 이쪽을 보고 있는 사람은 아무도 없었다. 내 몸은 점점 뜨거워졌고 다리가 조금씩 떨려 왔다. 누군가의 귀에 들릴까 두려울 정도로 심장이 쿵쾅거리며 심하게 뛰었다. 머리와 몸이 제각기 따로 놀았고 눈만이 유일한 의식을 가진 듯 손에 쥔 인형을 계속 바라보고 있었다. 이 가게 안에 내 존재를 의식하는 사람은 없었다. 이대로 가게를 나간다 해도 아무도 모를 것이다. 귓전에서 그런 목소리가 들렸다. 땀에 젖은 손을 천천히 주머니로 옮겨 보았다. 역시 아무것도 달라진 것이 없었다. 움직이는 사람도, 소리를 지르는 사람도 없었다. 나는 그 사실을 확인한 후에 인형을 주머니 속에 쑥 집어넣은 다음 빠른 걸음으로 출구로 향했다. 문밖에서는 테루가 등을 구부린 채 계단에 앉아 있었다. 문을 열고 나오는 나를 보며 난처한 표정으로 말했다.

"또 풀려버렸어."

어쩌다가 또 구두끈이 풀려버린 듯 양손을 축 늘어뜨린 채 구두끈을 만지작거리고 있었다. 나는 살짝 웃으며 문밖으로 나와서 한 걸음을 옮겼다. 차가운 공기가 후끈 달아오른 내 몸을 한순간에 식혀주는 듯했다.

"이렇게 하는 건가?"

테루는 이리저리 고민하며 원을 만들거나 비틀어 보기도 하면서 계속 끈을 붙들고 씨름하고 있었다. 나는 그 모습을 보면서 손 뒤로 천천히 문을 닫았다. 그러자 경첩이 부딪치는 요란한 소리가 넓은 가게 안에 울려 퍼졌다. 닫았다고 생각했던 문은 아직 열려 있었고 손은 손잡이를 꽉 쥔 채 떨어질 줄을 몰랐다. 테루는 심각한 얼굴로 발을 노려보면서 조심스럽게 원 안으로 끈을 집어넣었다.

나는 점점 내 자신이 무슨 생각을 하고 있는지 모르는 상태가 되었다. 내가 왜 이런 일을 하고 있는 걸까? 도대체 무슨 의미가 있는 것일까? 돌아가자. 그렇게 결심하고 가게 안으로 다시 들어가려고 했다.

"됐다!"

큰소리가 나서 뒤를 돌아보니 테루가 얼굴 가득 미소를 띠고 있었다.

"이것 봐! 혼자서 끈을 맸어!"

문밖으로 두 발을 내디디며 내다보니 구두끈이 제대로 매어져 있는 것이 보였다. 혼자서 끝까지 구두끈을 맨 것은 처음이었다. 나도 기뻐서 그에게 지지 않을 만큼 크게 웃어 보였다.

"정말 잘했……."

순간 누군가가 갑자기 뒤에 있던 내 손을 꽉 잡았다. 깜짝 놀라 돌아보니 가게 안에 있던 백발의 여인이 그곳에 서 있었다.

"주머니 속에 넣었지요?"

순간, 시간이 멈추어버린 듯했다.

"꺼내 보세요."

나는 여자가 명령하는 대로 떨리는 손을 주머니 속에 넣어 안에 든 유리 인형을 조용히 꺼냈다.

"순회 경찰입니다. 안으로 들어가시죠."

백발의 여인은 그렇게 말하며 인형을 받아 들고 내 팔을 끌며 가게 구석 쪽으로 걸어갔다. 뒤를 돌아보니 테루가 멍하니 서서 이쪽을 보고 있었다. 우리는 아무 말도 못한 채 그냥 서로를 바라보고만 있었다.

"경찰에 연락해요."

감시원의 엄격한 말투에 점원이 카운터로 달려가 황급히 수화기를 들었다. 나는 테루에게서 시선을 돌려 고개를 숙였다.

9장

"거짓말하지 마.
경찰이면서 거짓말하지 말란 말이야!"

1 "당신은?"

양복을 입은 남자가 아까부터 이것저것 뭔가를 물어 보았다. 내가 계속 모른다는 말로 일관하자 양복을 입은 그 남자는 조금 불만스러운 표정을 지었다. 그 남자는 자기가 형사라고 말했다. 형사는 나를 의자에 앉히더니 자기는 책상 반대편에 앉아서 어딘가에서 가지고 온 서류를 한 장 한 장 뒤적이고 있었다. 그 방 구석에는 제복을 입은 경찰관이 앉아서 노트에 뭔가를 적고 있었다. 무엇을 적고 있는지는 모르겠지만 아까부터 계속 펜을 움직이고 있었다.

"당신은 뭐하는 사람인가?"

"지금은 비둘기를 날리는 일을 하고 있는데, 전에는 세탁소에서……."

나는 제대로 말을 할 수가 없었다. 내 자신에 대해서는 설명을 잘 못하기 때문이다. 형사는 또다시 불만스러운 표정을 지었다. 나는 누군가가 나를 보며 불만스러운 표정을 짓는 것을 좋아하지 않지만 그래도 어쩔 수 없는 일이었다.

"그럼 됐고, 두 사람은 어떤 관계지?"

"결혼할 겁니다."

이번에는 또록또록하게 대답했다. 관계라는 말뜻은 잘 몰랐지만 그것만은 확실했기 때문이다.

"그렇군. 그럼 이것 참 유감인데……."

형사는 잠시 내 얼굴을 바라보더니 난처한 듯 이마를 긁적거리며 말했다.

"적어도 일 년은 형무소에 들어가 있어야 할 것 같은데……."

나는 그 말이 무슨 뜻인지 전혀 알아들을 수가 없었다. 형사가 그런 말을 하고 있다는 것이 신기하게 느껴질 뿐이었다.

"그 여자, 이번이 처음이 아니야."

형사는 또 이런 말을 했다.

"상습범이라구. 체포된 적도 있고……."

그러고는 책상 위에 놓인 서류를 내게 내밀었다.

서류에는 미즈에의 사진이 붙어 있었다. 거기에는 따분한 듯한 표정을 짓고 있는 미즈에의 앞모습과 옆모습이 찍힌 사진이 있었다. 사진 밑에는 이름과 주소가 적혀 있었고, 지문이 도장처럼 여러 개 찍혀 있었다. 나는 여전히 뭐가 뭔지 몰랐다. 그가 나를 골탕 먹이려고 그러는지 일부러 그러는지는 모르겠지만 이건 해도 너무한다는 생각이 들었다. 나는 갑자기 기분이 상했다.

"그래, 몰랐어? 이거 골치 아픈 일이군."

"거짓말이죠?"

내 말에 형사는 놀란 표정을 지었다.

"경찰이 어떻게 거짓말을 다 해?"

이번에는 큰소리로 말했다. 큰소리로 말하지 않으면 이 아저씨가 미즈에에 대해서 계속 거짓말을 할 것 같았다.

"거짓말이 아니야. 본인이 시인했어."

"거짓말하지 마. 경찰이면서 거짓말하지 말란 말이야! 경찰이 왜 거짓말을 하냐구!"

나는 내가 낼 수 있는 한 최대한 큰 목소리로 외치면서 형사의 목덜미를 잡았다. 형사는 내 손을 떨쳐내려 했지만 힘을 꽉 주고 있는 내 손을 뿌리치지 못했다.

"거짓말쟁이! 이 거짓말쟁이야!"

나는 계속 소리를 질렀다. 형사의 귀가 따가워질 정도로 큰소리로 몇 번이고 몇 번이고 소리를 질렀다. 이 남자가 거짓말을 못하게 하기 위해서는 그 방법밖에 없었다.

경찰관이 뒤에서 나를 눌렀다. 나는 거기에 지지 않으려고 필사적으로 저항하며 그를 꽉 눌렀다. '모두, 모두 다 찌부러져버려라!' 나는 속으로 그렇게 생각하며 그를 있는 힘껏 눌렀다.

2 나는 내팽개쳐지듯 경찰서에서 나왔다. 경찰관들이 여러 명 들어붙어 팔을 부여잡거나 다리를 밟으면서 내가 저항하지 못하도록 짓눌렀지만 나는 끝까지 아프다는 말을 하지 않았다.

경찰서를 나와서 나는 계속 걸었다. 왜 걷고 있는지는 알 수 없었다. 발이 제멋대로 혼자서 걷고 있는 것 같았다. 다리를 건너 터널을 지나고 신호등을 건너 계단을 올라갔다. 언덕길을 올라갔고 계단을 내려와서 다시 언덕길을 내려와 모퉁이를 돌았다. 길을 가로질러 건널목을 건넜고 횡단보도를 건너 상점가를 빠져 나왔다. 공원을 가로지르고 신사를 가로질러 자동판매기를 지나쳐서 벽을 따라갔다. 나는 그 어떤 목적지에도 당도하지 않았다. 나는 다만 길을 걷고 있을 뿐이었다.

비가 내렸다. 모자에서 물방울이 뚝뚝 떨어졌다. 옷이 흠뻑 젖었지만 차갑지는 않았다. 나는 왠지 모르게 울고 싶어졌다. 참으려고 했지만 잘 되지 않았다. 눈물이 흘러내려서 앞이 잘 보이지 않았다. 닦아도 닦아도 눈물은 계속 주르륵주르륵 흘러내렸다. 나는 소리를 내어 울었다. 마치 어린아이처럼 큰소리로 엉엉 울었다.

어느새 저녁이 되었다. 비는 아직도 그치지 않고 땅을 강하게

때리며 내렸다. 나는 언덕길을 올라가고 있었다. 무척이나 긴 언덕길이었다. 흘러내리는 빗물에 미끌어지지 않도록 한발 한발 조심스럽게 천천히 올라갔다.

언덕길 중간쯤에서 내 발걸음이 멈춰졌다. 왜 그랬는지 모르지만 갑자기 멈추고 싶었다. 위를 올려다보니 눈앞에 세탁소가 보였다. 잊을 수 없는 곳, 바로 할머니의 세탁소였다. 나는 잠시 선 채로 그곳을 바라보았다. 달라진 것이 없어 보이기도 하고 전혀 다르게 느껴지기도 했다. 비에 젖어 조금 슬퍼 보이기도 했다.

안으로 들어가 보려 했지만 문은 자물쇠가 채워진 채 굳게 닫혀 있었다. 나는 상관하지 않고 유리문을 억지로 잡아당겨 보았다. 있는 힘을 다해서 몇 번이고 몇 번이고 잡아당겨 보았다. 마침내 자물쇠가 망가지면서 문이 열렸다. 나는 안으로 들어가서 실내를 둘러보았다. 벽면에 늘어서 있던 세탁기들은 어디로 갔는지 보이지 않았다. 미야시타가 들어가 있던 건조기와 사진 아줌마가 장식해 준 꽃 사진, 지팡이 할아버지가 중얼거리며 앉아 있던 긴 의자, 매일 아침 사용했던 걸레와 양동이, 이 모든 것들이 모두 다 사라져버렸다. 세탁소 안은 텅 빈 채 한가운데 쓰레기 더미가 산처럼 쌓여 있을 뿐이었다. 문득 그 안에 파묻혀 거꾸로 처박힌 의자의 다리가 보였다. 내가 매일 걸터앉았던 의자였다.

나는 생각했다. 이 의자는 누구한테도 양보할 수 없는 내 물건

이다. 어떤 나쁜 놈이 나타나 내게서 이 의자를 빼앗아가려 해도 절대 빼앗길 수 없다. 왜냐하면 이것은 누구도 아닌 할머니가 내게 준, 나만의 것이기 때문이다.

나는 쓰레기 더미에서 의자를 끄집어냈다. 의자를 들어올려 밖으로 빼내려다가 도중에 떨어트리고 말았다. 다시 한 번 들어올리려고 했지만 다시 떨어트렸다. 그래도 나는 질질 끌면서 입구 쪽으로 갔다. 의자는 한층 더 무거워져서 마치 밖으로 나오기가 싫은 것처럼 내게 질질 끌려 나왔다.

얼굴이 뜨거워지고 숨이 헐떡거렸다. 내가 늘 놓았던 예전의 그 장소에 의자를 잘 놓아두고 막 앉으려는 순간 갑자기 머리 속이 하얘지면서 뭐가 뭔지 알 수 없었다. 무릎의 힘이 빠지면서 나는 바닥에 쓰러지고 말았다.

그리고 나는 꿈을 꾸었다.

그것은 언제인가 내가 미즈에에게 이야기해 준 피리 부는 청년의 마지막 부분이었다. 폭풍을 만나 난파된 배에서 떠내려간 청년은 해안에 쓰러져 있었다. 그 옆으로 아리따운 아가씨가 지나갔다. 아가씨는 청년을 발견하고는 도움을 청하려고 주변을 둘러보았지만 아무도 없었다. 하지만 그때 함께 떠내려 온 은컵을 발견했다. 아가씨는 그 컵을 집어 물을 뜨러 갔다. 그리고 그 컵으로 청년에게 물을 먹였다. 여러 번에 걸쳐 물을 먹여 주었다. 마침내 의식을 되찾은 청년은 조용히 일어났다. 주변에는 아무도 없었다. 아리따운 아가씨도, 그리고 소중한 은컵도…….

결국 그 이야기는 슬픈 이야기였을까, 아니면 행복한 이야기였을까. 알 수 없었다. 하지만 다만 한 가지 확실한 것은 청년은 살아 있어서 행복하다는 것이었다. 왜냐하면 청년은 일어서서 바다를 향해 휘익, 하고 휘파람을 불 수 있기 때문이었다.

1년이 지났다.

10장

"상상하고 있어?"
감은 내 두 눈에서 눈물이 흘러내렸다.

간수에게 인사를 하고 높은 벽을 따라 터덜터덜 걸어갔다. 입에서 새하얀 입김이 뿜어져 나왔다. 건조한 공기가 온몸을 휘감자 섬뜩한 느낌이 들었다. 강변을 따라 늘어선 벚꽃에서 연분홍 꽃봉오리가 금방이라도 터질 채비를 하고 있었다. 나는 생각했다. 쭉 계속해서…… 결국 나는 변했을까?

큰길 쪽으로 나와 버스 정류장의 벤치에 앉았다. 아침 이슬을 맞은 벤치는 차가웠다. 아직 날이 덜 밝은 탓인지 지나가는 자동차들이 그리 많지는 않았다. 파카 차림으로 자전거를 타고 가는 신문배달부가 속력을 내며 달려오고 있었다. 참으로 오랜만에 패기에 넘친 사람들의 얼굴을 보는 것 같았다. 버스 시간표 뒤에 그려진 노선도를 순서대로 따라가 보았다. 다음에 올 버스가 이 지방의 경계를 지나 도쿄까지 간다는 것을 알 수 있었다. 특별히 목적지가 있는 것은 아니었다. 종점 여행이라도 해볼 생각이었다. 멀리서 다가오는 버스의 스포트라이트가 희미하게 깜박거렸다.

나는 버스 안에서 해 뜨는 광경을 보고 있었다. 내가 유일한 승객이었다. 그렇다고 해서 운전기사가 내게 말을 걸지는 않았다. 아마도 밤늦도록 놀다 지쳐 새벽녘에 귀가하는 불량스러운 여자쯤으로 생각하고 있는 것 같았다. 버스는 나만을 태운 채 묵묵히 철교를 지나가고 있었다.

몇 정거장을 지나왔다. 여러 승객과 함께 모자로 보이는 두 사

람이 타더니 내 앞 좌석에 앉았다. 버스는 승객들에게 착석하라는 안내 방송을 내보낸 후에 다시 출발했다. 한참을 가다가 앞좌석의 아이가 뒤를 돌아 나를 쳐다보았다. 유치원생쯤으로 보이는 눈이 크고 귀엽게 생긴 남자 아이였다. 나는 그 아이의 시선이 신경이 쓰여 조금 웃어 주었다. 그랬더니 아이는 웬일인지 매정하게 얼굴을 휙 돌려버렸다. 웃다 말고 겸연쩍어진 내 시선은 나도 모르게 무릎 위에 놓인 내 손을 향했다.

버스는 시가지 쪽으로 방향을 틀어 강변도로를 계속 달렸다. 엄마와 이야기를 하고 있던 앞좌석의 아이가 어느새 얌전해져서 바깥 경치 구경에 푹 빠져 있었다. 차창 유리에 딱 달라붙을 정도로 얼굴을 들이대고 심각한 표정으로 무언가를 한참 동안 쳐다보았다. 그게 무엇인지 궁금해서 고개를 돌려보니 건물 저편으로 커다란 가스탱크가 보였다. 어디선가 본 적이 있는 세 쌍둥이 가스탱크였다. 나는 반가운 마음으로 터져버릴 듯한 그 가스탱크를 멍하니 바라보았다. 그러자 갑자기 그 가스탱크 앞으로 무수히 많은 하얀 비둘기들이 날고 있었다. 비둘기들이 줄을 맞추어 기분 좋게 하늘을 날았다. 넓고 푸른 하늘에 아름다운 하얀 선을 그리면서 아래쪽에 있는 무언가를 중심으로 커다랗게 좌우로 선회하고 있었다. 나는 차츰 억누를 수 없는 충동을 느끼며 벌떡 일어섰다. 그러고는 운전기사에게 큰소리로 외쳤다.

"내려 주세요. 죄송합니다. 여기서 내려 주세요!"

2 급정거를 하면서 버스가 멈춰 서자마자 나는 버스에서
뛰어내렸다. 사람들에게 부딪치며 상점가를 이리저리 빠져 나가
비둘기떼를 따라서 다리를 건넜다. 도중에 몇 번씩이나 신발이 벗
겨질 뻔했지만 개의치 않고 계속 달렸다. 비둘기가 건물 그림자에
가려 보이지 않게 되면 나는 그들을 놓치지 않으려고 필사적으로
그 방향을 따라 계속 쫓아갔다. 숨이 턱까지 차올랐고 시야가 흐
려졌지만 눈을 비벼 가며 건물 뒤로 다시 모습을 드러낸 비둘기를
쫓아 달려갔다.

　마침내 나는 제방에 당도했다. 언제였던가, 물웅덩이를 뛰어넘
었던 바로 그 제방이었다. 난간을 붙들다시피 하며 계단을 뛰어올
라가니 선회하는 수십 마리의 비둘기 밑에서 깃대를 흔들고 있는
테루의 모습이 보였다. 전보다 훨씬 커진 빨간 깃발을 바람에 휘
날리며 좌우로 흔들고 있었다. 나는 손에 들고 있던 가방을 내팽
개치고 다시 달려갔다. 다리가 뒤엉켜 넘어질 뻔했지만, 기를 쓰
고 기어이 물웅덩이를 뛰어넘던 그때처럼 신중하게 달려갔다. 젖

247

먼던 힘까지 동원해서 내 힘이 다할 때까지 달렸다. 그때 나를 발견한 테루가 뒤를 돌아보며 천천히 깃발을 내렸다.

"어서 돌아와."

멈추어 선 내게 그는 평소와 다름없이 그렇게 말했다. 아무것도 변한 것이 없었다. 도토리 모양의 모자도, 유아스러운 말투도, 풀어진 구두끈도, 그리고 천진난만한 웃음도…….

"내가 이렇게 하고 있으면 분명히 날 알아보고 올 줄 알았어. 이제 나도 많이 늘었지?"

그는 깃발을 긴 장대에 감으며 의기양양한 표정으로 말했다. 그리고 한참 동안 내 눈을 들여다보더니 말했다.

"그러니까 결혼식을 올리자."

나는 아무런 대답을 할 수 없었다. 숨이 차서 말을 할 수도 없었고, 그의 말뜻을 금방 알아들을 수도 없었다.

"지금부터 여기서 하자."

그는 계속 그렇게 말했다.

"상상을 해봐. 여기는 교회야. 종소리가 울리고, 앞에는 목사님이 계시고 사람들이 웃고 있어."

나는 그의 말을 차츰 이해하게 되었고 천천히 눈을 감았다. 눈을 감고, '여기는 교회다' 하고 스스로에게 들려주었다. 조금 시간이 걸렸지만 이제는 확실히 느낄 수 있었다. 그러자 어디에선가 종소리가 들려 왔다. 종소리는 깊은 여운을 남기며 귀를 통해 온 몸으로 전해져서 나를 휘감았다. 박수 소리가 울려 퍼지고 기뻐하는 하객들의 웃음 소리도 들려 왔다.

"상상하고 있어?"

감은 나의 두 눈에서 눈물이 흘러내렸다.

"그래, 하고 있어."

나는 고개를 끄덕이며 그를 보고 웃었다.

그때 테루가 콧등을 탁 튕겼다.

〈끝〉

특이한 제목의 소설 『세탁소』는 세탁소가 주무대이기도 하지만 작품 전반의 이미지를 함축한 하나의 상징어로 볼 수 있다.

삶에 찌든 사람들이 저마다의 삶의 무게로 더러워진 빨래를 들고 와서 세탁기에 넣는다. 삶의 때에 절어버린 마음의 정화 의식이라도 치르듯 사람들은 빨래 위에 흰 세제를 붓는다. 마치 누군가가 서럽게 흐느끼는 울음 소리처럼 삐걱대는 기계음을 내며 빨래들은 서로 뒤엉킨 채 비비며 부대끼다가 마침내 깨끗해진 빨래를 토해 낸다. 그것을 손에 든 사람들은 마치 자신들의 마음의 때를 다 털어버리기라도 한 듯 가뿐한 마음으로 세탁소를 나선다. 그 모습을 늘 지켜보는 주인공 테루……. 그래서일까, 그의 마음은 마치 순백의 눈처럼 순수하고 티 없이 맑다.

이 소설을 읽다 보면 자연스레 한 가지 색이 강렬하게 떠오를 것이다. 바로 '하얀색'이다. 색은 이미지를 결정하는 데 중요한 의미를 가지는데, 여기서는 바로 세탁소가 가지는 '정화'의 의미와 더불어 '순수', '순백'의 이미지를 나타내고 있다.

하얀 비둘기, 하얀 분말 세제, 순백의 웨딩드레스, 천국을 향해 날아가는 하얀 영혼, 그리고 순수하다 못해 투명한 테루의 마음에 이르기까지⋯⋯.

이 소설은 물론 세탁소를 중심으로 전개된다. 약간 모자란 듯한 주인공 테루는 세탁소에서 세탁물이 도난당하지 않도록 지키는 일을 한다. 이곳을 찾는 단골손님으로는, 시합에서 단 한 번도 이긴 적 없는 권투선수, 사진으로 고독을 달래는 사진광 아줌마, 그리고 며느리에게 구박받는 할아버지 등이다. 다시 말해서 이 사회에서 소외된 고독한 사람들이 마치 자신들의 상처를 치유하기 위한 장소로서 세탁소를 찾고 있으며, 그곳에서 삶의 애환을 달래고 있는 듯이 보인다. 그러던 어느 날 우연히 세탁소를 찾은 미즈에가 옷을 두고 가는 작은 사건(?)으로 인해 평범하다 못해 지루한 테루의 삶에 새로운 전기가 마련된다.

사랑했던 사람의 배신으로 상처받은 영혼의 소유자 미즈에, 자신의 근원조차 제대로 알지 못하고 상처받을 줄조차 모르는 순수한 영혼 테루, 매사에 거칠게 행동하고 무뚝뚝해 보이지만 사실은 누구보다도 따스한 영혼의 소유자 샐리. 이 방황하던 세 영혼들이 만나 마음의 교류를 나누는 모습이 순백의 이미지와 더불어 로드무비처럼 펼쳐진다.

"이런 걸 지구에서는 '사랑'이라고 말하지. 우주에서는 뭐라고 부르는지 모르겠지만……."

테루의 사랑법은 참으로 독특하다. 얼룩진 핏자국 위로 세제 한 통을 들이붓는 그의 순수한 열정은 배신감으로 죽음의 유혹을 떨쳐 내지 못한 미즈에의 영혼까지 구제한다. 좀처럼 지워지지 않는다는 피의 얼룩은 순수의 힘에 눌려 결국은 사라지고 만다. 미즈에의 아픈 상처의 치유이다. 실로 순수의 승리인 것이다.

웬만한 일에는 감동할 줄도 모르고 웬만한 자극에는 미동조차 하지 않는 돌 심장을 가진 인간이 이 시대에는 범람하고 있다는 이야기를 종종 한다. 온갖 폭력물과 외설, 엽기물로 더럽혀진 우리의 눈은 이제 순수의 빛을 바라볼 시력조차 잃고 말았는지도 모르겠다. 자신도 모르는 사이에 얼룩지고 더럽혀진 영혼의 소유자인 우리는 본의건 타의건 간에 이미 '순수'와는 너무 먼 곳에 와버리고 말았다. 그러나 우리의 삶이 때묻고 추악할수록 '순수'에 대한 열망이 더 강한 것은 아닐까?

우리 사회 곳곳에 세탁소가 있어 일상의 더러움을 씻어 주듯이 테루와 같은 순수한 감성이 이 사회 곳곳을 정화시켜 주리라는 희망을 갖게 된다. 작가가 후기에서 밝히고 있듯이 비록 선(善)의 힘은 약하고 무기력해 보일지 모르나 더럽고 추악한 세상을 정화시키는 신비한 힘을 지닌 것 같다. 결국 '악'을 퇴치하는 것은 더 큰 악이 아니라 '선'의 힘이라는 확신조차 갖게 되니 말이다. 한 권의 소설이 심어 준 희망치고는 제법 크다고 할 수 있지 않을까.

또 작가는 말하고 있다. 자신이 진정으로 말하고자 하는 것은 언어로 다 표현할 수 없다고, 그저 서로의 느낌을 통해 알 수밖에 없는 것이라고 말이다. 이 작품 속에서 작가는 많은 말을 하고 있지만, 진정 그가 하고자 하는 말을 독자들이 작가와의 교감을 통해 직접 마음으로 느껴 보기 바란다. 그와 함께 떠나는 '순수의 여행'의 여정에서……

2003년 6월

옮긴이 한은미